狩獵死神的女孩

目錄

1

分辨不肖偵探其實很容易。

典型的例子，就是會在廣告上洋洋灑灑列出大量分公司。當然，那全是幽靈公司。負責接洽的女子通常也不是眞的職員，只要每月支付兩萬圓，便能申請各城市的電話祕書服務，無論打哪個號碼，最後都會轉接到總公司。有的甚至連公司都不存在，其實是轉接到私人手機。

這些偵探號稱是全國規模的企業集團，卻往往選擇在車站前的咖啡店和委託人見面，即使委託人希望造訪事務所也會委婉拒絕，更不會理睬提供調查報告書樣本的要求。

此外，許多業者在命名上會刻意讓人聯想到公家機關，盡是狐假虎威之輩。

三十六歲的堤暢男倒沒憑恃這種虛假的權威，名片上僅僅印一行手機號碼。

這個社會病了。委託人不排斥違法的調查管道，比起合法業者，甚至更傾向尋求地下自由業者的幫助。

一接到工作，堤便以印表機印出一、兩張名片，不會多帶。原因之一是，每次他都會更換手機號碼。只要到秋葉原，不需出示身分證也能買到香港製的ＳＩＭ卡或免ＳＩＭ卡手機。雖然是無法追蹤的號碼，堤依然會隨新工作汰換。至於和委託人的洽談，他會親自前往對方的住家或職場。

堤徹底隱蔽背景經歷。位於北區赤羽西一丁目，屋齡三十六年的公寓１０４室，就是堤的住家兼辦公室，理應無人知曉。

這裡訪客絕跡。一房兩廳附廚房的格局，連通風口都沒有，悶著生活起居的臭味，厚重的窗簾總是緊閉。逐漸轉紅的夕陽，透過襯布的間隙，形成數條細如絹絲的光線，朝著斜下方筆直延伸，行經之處收束大量塵埃，淡淡照亮辦公桌。除了一台開著的筆記型電腦，桌上四散的便條紙和ＥＴＣ卡便是落日餘暉的終點。

回到家後，堤沒開燈，在黑暗中走向辦公桌毫無障礙。往椅子坐下，他望著電腦螢幕。

堤的委託人只有兩種，不是跑了老婆的家暴丈夫，就是跟蹤狂。由於違反《偵探業法》，加盟日本調查業協會的偵探社不會承接這一類委託。

多虧他們，堤整年撈到無數漏網之魚。以揭露他人隱私營生的偵探，如今還談什麼公共秩序與善良風俗？

在激烈的業界競爭中，堤仍然有源源不絕的客戶上門。收費標準是他生意興隆的原因，除了費用低廉，委託人在契約結束後還必須送上「紀念品」。

聽到紀念品制度，沒有任何委託人面露難色，每個人都喜孜孜地將影片檔夾帶在電子郵件中寄出。現在差不多該收到新的紀念品了。

他伸手向鍵盤尋求娛樂。此時，堤察覺到人的氣息。定睛細看，房間角落坐著一個女人。

她背靠牆壁，懶洋洋地伸展雙腳，彷彿等身放大版的法國洋娃娃。筆直的長髮，小巧的臉龐，羽絨外套包裹著纖細身軀，讓她看起來益發不真實。臉上的妝容頗淡，幾乎是裸肌狀態，一雙大眼微微上挑，高挺的鼻梁如人偶般端正，極度雪白的膚色也顯得不自然。還很年輕，大概即將成年。

冷淡的外表下隱藏著一絲陰鬱。與年齡不相稱的沉著眼神，深深吸引堤的目光。

原本應該是不容任何人褻瀆的神聖領域，卻遭外來者入侵。面對險惡的情況，堤努力不流露一絲慌亂。

堤確實是初次見到她，但對方似乎並非如此。這小姑娘是業界備受爭議的人物，堤早將她的樣貌記在腦海。

他故作鎮定地開口：「聽聞位在汐留的須磨調查公司玩起扮家家酒，成立反偵探課，派一個外行的小丫頭到處嗅來嗅去，想抓住我們的小辮子。」

住處遭到入侵倒不是太大的問題，只要使用普通鑰匙加工製成的萬能鑰匙，插入鑰匙孔後用槌子敲打，便能輕易打開點波鎖。比起細針開鎖、用工具插入門與鎖之間、從外側轉開旋鈕或破壞鑰匙孔，這個方法簡單許多。雖然明白有風險，但整棟公寓只有他換門鎖，未免太顯眼。反正就算沒在門鎖上施加防護，也不會有人造訪他的祕密小屋。應該是這樣才對。

她究竟是怎麼找到這裡的？

紗崎玲奈一開口便乾脆地爲堤解惑，她沉聲低語：「護照署名欄上簽的是羅馬拼音。當時你就打算捏造拼音相同、漢字不同的名字開設銀行帳戶吧？」

語氣老練，談話內容也不像出自甫高中畢業三年的人之口。但玲奈並非虛張聲勢，想必是調查過收取報酬的帳戶，推斷出此處的地址。

近來在《本人確認法》加強推行後，藉假身分開戶變得十分困難，得創造足夠讓人信以爲眞的假名。

申請護照時，堤暢男簽上姓名的羅馬拼音，並用可擦拭原子筆在文件持有人欄中塡寫「津津見信夫」（註）。向銀行出示護照後，便順利開戶。

堤很清楚，即使查遍業界流傳的各類名冊，只要漢字不同便不會露出馬腳，就算警方以電腦過濾也一樣安全。

然而，玲奈恐怕注意到這個漏洞。唯獨提款卡的發放必須經郵遞寄送，儘管持有身分證，也沒辦法直接到郵局領取，所以申請書上不能塡寫假住址。

玲奈挖出僅有的線索。堤以爲這無比隱晦的痕跡早已風化、埋沒在情報沙漠裡，她卻將不可能化爲可能。

是小丫頭推想出來的嗎？若說正因是外行人，才能突破思考的框架，確實值得警戒。堤內心暗忖，在這層意義上，她擁有與非法偵探業者相同的素質。

堤維持冷靜的語調，「既然追查到銀行，應該知道我是薄利多銷吧。難不成妳專程來掏空這點蠅頭小利？」

註：「堤暢男」和「津津見信夫」的羅馬拼音均是「Tsutsumi Nobuo」。

玲奈冷淡地說：「除了報酬，你不是還會收其他禮物？」

霎時，一股細微的電流彷彿竄過堤的手腳。不，若非他刻意鈍化自己的感覺，衝擊肯定非同小可。

玲奈連「紀念品」的事都清楚掌握。除了堤和委託人，這理當是不爲人知的約定。

堤急忙轉向電腦，解除密碼，發現檔案圖示已更動。原本他利用Mirage Colloid軟體將影片資料夾僞裝成其他資料夾，現在全恢復原貌。附加在電子郵件中的壓縮檔，檔案保護也遭解除，螢幕桌面上，則出現不曾下載的解壓縮軟體Lhaplus。這是玲奈搞的鬼吧，爲了利用Lhaplus的密碼破解功能。

闖入屋內後，玲奈早對電腦動過手腳。

堤打開電子信箱軟體，收到委託人寄來的最新紀念品。

找出委託人追蹤的目標所在地後，堤會交付調查報告書，並要求提供凌辱目標的照片或影片，這就是換取折扣的紀念品。約莫十五分鐘前，委託人送來女高中生木梶愛莉的照片。她在前幾天剛成爲跟蹤狂的犧牲品。

堤慌忙敲擊鍵盤，打開Windows的「執行」視窗，輸入cmd /c rd/s/q c:¥。

按下Enter鍵的瞬間，他鬆一口氣。如此一來，C槽就徹底淨空，只要沒留下任何證據，他便安全無虞。

心臟劇烈跳動的緊張感仍留在胸口，爲了平靜下來，堤暗自強化優越感，望向玲奈。

但玲奈的表情絲毫未變，「我今天可不是第一次到這裡。」她隨手一拋，只見一個隨身碟落在桌上。

堤一時反應不過來。不久，腦海浮現一種推測，他倒抽一口氣。這個隨身碟裡，該不會是電子郵件軟體匯出的帳戶設定？

體內的血液彷彿凝結，堤盯著玲奈問：「妳把複製的帳戶設定匯到哪裡？妳的電腦嗎？」

玲奈的目光轉向一旁，「我潛入某報社，將隨身碟插上追蹤這起案子的記者筆電。」

「少胡扯，果眞如此，當記者的電腦收到新信件時，那封信會從伺服器刪除，不會傳到我這邊。」

玲奈嗤之以鼻，差點沒笑出聲。「我在詳細設定處勾選『在伺服器保留信件副本』，這幾天你收到的信，也同步送到記者手上。」

全身肌肉好似急遽萎縮，堤鬆開滑鼠。如今只能以觸犯《不當存取禁止法》及侵入民宅罪反控玲奈，減低迎面撲來的威脅。

然而，這不過是困獸之鬥。他剛刪除所有程式，無法證明玲奈的違法行爲，唯有堤的犯罪證據持續傳送給不知名的記者。

強烈的厭惡感漫天覆下，堤看向玲奈。玲奈沉默回視的眼神無所畏懼，一邊瞳孔反射著細長的夕陽餘暉，虹膜淡化爲褐色。她的肌膚晶瑩透白。

「明明是個孩子，自以爲是推理小說裡的女偵探嗎？根本是在模仿小偷而已。」堤不屑道。

玲奈面不改色，「現實的偵探業界不正充滿小偷？拿虛構的故事來比較，未免太幼稚。」

原本想將她踩在腳下，反倒被瞧不起。眞是個喜歡挑釁的小丫頭。堤加強語氣：「不過是個小鬼，既然想跟大人鬥，應該明白利益交換的道理。我給妳情報，妳閉上嘴滾吧。」

「什麼情報？」

「我的委託人檜池泰弘，就是擄走木梶愛莉的變態。妳還不曉得他住在哪裡吧？」

「埼玉縣戶田市大字新曾字蘆原二九一六，米田大樓。」

堤不禁啞然，玲奈竟正確背出檜池的藏身處。

他很快理出頭緒，線索是剛才寄來的木梶愛莉照片。拍攝時，檔案大概自動生成Exif資訊，地理位置標籤中隱藏詳細的ＧＰＳ定位情報。

堤靠向椅背，故作從容。「用F6Exif就能竄改Exif資訊，搞不好裡面的位置情報是亂編的。」

「爲了確認這一點，我才會等你回來。看到你聽見住址和大樓名稱臉色大變，這樣就足夠了。」

玲奈緩緩起身。手腳纖長的她，一臉若無其事地走向大門。

堤的心跳加速。眼睜睜讓玲奈離開，他的罪狀就不僅僅是違反《偵探業法》，而會成爲誘拐綁架、強制猥褻與施暴的共犯。她告訴記者這間安全屋了嗎？不清楚。無論如何，要行動只能趁現在。

堤拉開抽屜摸索，卻找不到原本放置的刀子。

或許是注意到聲響，玲奈回過頭，視線交會的瞬間，堤恍然大悟。可能成爲武器的物品，玲奈早就全部處理掉。

堤猛然撲向玲奈，玲奈轉身想衝出玄關，堤隨即拆下鞋櫃的玻璃門，朝玲奈一砸。玻璃碎裂四散，玲奈的背撞上牆壁，往前倒下。

玲奈額頭流血，試圖爬起。見玲奈翻身，堤往她的肚子一踹，以腳跟重重蹂躪。

玲奈痛得五官皺成一團，眼中浮現淚光，呼吸困難。

但堤毫不手軟，拔下頭上的燈罩，丟向玲奈的臉。壓克力材質的燈罩裂成兩半，碎片飛散。玲奈雙眼緊閉，呈大字型癱在地上，一動也不動，鼻血汩汩流出。

堤蹲下窺看玲奈。不料，玲奈倏地睜眼，右手不知何時握著電視遙控器，擊向堤的心窩。堤呼吸暫停，近似麻痺的劇痛竄過側腹，猛咳著蹲下。

凌駕痛楚的憤怒湧上心頭。可以感覺得出，打鬥對玲奈是家常便飯，不過畢竟是女人，憑那副柔弱的身軀沒辦法打裂他的肋骨。

堤雙手交握，使盡全力揮向玲奈的下巴。玲奈往後飛出去，撞上大門滑落在地。

堤彎身近前，準備繼續教訓這副纖弱的身軀。隔著極短距離，玲奈忽然抓起滾到腳邊的殺蟲劑，朝他的雙眼一噴。異常的炙熱包裹眼球，前所未有的劇痛襲來，他張不開眼。踉蹌倒下之際，響起一陣開門聲，隨著戶外空氣流入，腳步聲遠去。

好不容易撐開眼，恢復視力後，堤衝出屋子。僅僅是望見夕陽餘暉，雙眼便疼痛不已，但他捕捉到玲奈逃向小巷的背影，連忙追上。

傍晚時分，車站附近的商店街人潮擁擠。玲奈不加思索地穿越都道460號的湍急車流，引起一陣喇叭聲。

堤不停眨著眼，在這種狀態下衝過車道太危險，只得繞路走斑馬線。儘管如此，他仍掌握著玲奈的去向，確認她消失在伊藤洋華堂（註）入口。

遲了十幾秒，堤喘著氣跑進店內。

化妝品與服飾的樓層大多爲女性顧客，堤撥開人群前進，拚命尋找米色羽絨大衣的身影。

此時，商場中響起沉靜的女聲廣播。「業務聯絡，二〇〇號。庫存位於一樓。YAMATO，YKB。呼叫負責人。」

是玲奈的聲音。堤嚇一跳，環顧四周，在往車站方向的出口處發現米色的纖瘦人影，臉頰青一塊紫一塊，還掛著鼻血。玲奈將內線電話掛回牆上，看也不看堤一眼便朝出口走去。

註：以日本關東地區為中心的全國性綜合商場。

堤暗自焦急，慌忙追上。只是，他會如此緊張，並不是和玲奈拉開距離的緣故。解讀量販店的廣播是偵探業者的基本常識。在ＬＩＦＥ超市（註），「二〇〇號」代表貨車抵達；可是，在伊藤洋華堂則表示出現竊盜慣犯。ＹＡＭＡＴＯ是保全人員，ＹＫＢ是警衛，負責人指的就是警察。安全人員全出動，職員便曉得發生大事。

樓層裡瀰漫著緊張感，愈來愈多制服警衛出現在視線範圍內，而玲奈早消失在店外。不能再猶豫，堤衝破人群、踢翻展示櫃，撞開一條路。

跑向出口不是好選擇，雖然警衛沒目擊偷竊現場，但廣播明白告知「庫存」，這是發生偷竊的暗語。此時有個男人拚命想逃出去，絕對會引起注意。

即使如此，還是不能眼睜睜放走玲奈。堤從出口奔向人行道。

彷彿等候許久，無數制服與便衣保全一擁而上，堤嘗試突圍，但訓練有素的警備人員相互扣住手臂，緊靠在一起，阻止他前進。堤狼狽轉身，發現已無退路，隨即遭到制伏。

從意外粗魯的男人包圍網間隙，堤看見通往車站大樓的天橋。玲奈爬上樓梯，瞥他一眼，蹣跚離去。

心底累積的怨氣無處發洩，堤憤怒大吼。然而，他的咆哮沒得到任何回響，只是爲都市的喧囂吸收，消散於無形中。

2

玲奈走進赤羽站，擦身而過的行人紛紛投來奇異的眼光。理由很明顯，那張臉實在慘不忍睹。她摸摸鼻子下方，手指染上鮮紅。

暫時躲到自動販賣機旁的隱蔽處，不需要鏡子，該用袖子抹多久才能把血跡擦到不引人注目的程度，玲奈早就能憑感覺掌握。處理完鼻血，她才意識到掌心麻痺般的疼痛。

細小的玻璃碎片如荊棘深深刺入肉中，她試著用指甲尖端拔出來，卻徒勞無功。不過，這種情形玲奈也已習慣，知道該如何應對。她從錢包拿出五百圓硬幣，以中央的洞圈住那根棘刺往下壓。棘刺稍微冒出頭，再用門牙咬住尖端拔出來。血滲出表皮，她取出預備的OK繃，貼上傷口，疼痛逐漸緩和。處理完畢，玲奈再次邁開腳步。

註：遍布日本關東及關西地區的大型百貨超市。

穿過驗票口，玲奈前往埼京線月台。綁架犯檜池泰弘藏身的米田大樓，位於北戶田站附近。這個時段，搭電車到目的地是最迅速的方式。

玲奈不打算報警。木梶愛莉還在檜池手中，聽到巡邏車的警笛聲，難保不會採取什麼行動。想想咲良的例子就能明白。正因警方對岡尾芯也發布通緝，才害得妹妹失去性命，成爲廢棄物處理場焚化爐內的一具屍體。

開往川越且每站皆停的列車駛入月台，最後面是女性專用車廂，這時間還很空。玲奈先上車，等發車音樂響起，又走下月台，張望四周。確認沒有可疑人影，她才在車門關閉前一秒滑進車廂。

電車發動後，玲奈終於坐下。女性乘客都避免與她視線接觸，沒人看向這裡。

離北戶田還有五站，玲奈拿出iPhone確認地圖。她忽然有些在意影片資料夾，點開之前買的智慧型手機在本牧碼頭落水丟失，這是以前用過的舊機種。影片內容已記後出現檔案列表。

憶在腦海，其實沒有重看的必要，但不知爲何，現在她無法視而不見。

取出耳機接上iPhone，玲奈點開列表中最珍惜的影片。

螢幕上出現咲良圓圓的臉。鮑伯短髮很適合她，瘦小的身軀穿著豐橋東中學的制服。

影像十分鮮明，不禁讓人錯覺只要回到家，就能繼續當時的日子。那身影就是如此自然。

初春柔和的陽光照在咲良身上，長著茂盛橄欖色綠葉的枝枒在背景搖曳，微風吹得麥克風沙沙作響，也輕輕撫過咲良的劉海。

「姊姊，」咲良笑著開口，「網路傳輸費很貴，沒辦法講太久，所以我說快一點。姊姊，我們一定很快就能再見面，約好嘍。等夏天過去，我會一直待在姊姊身邊，即使妳覺得煩，也不會離開。不能見面只是暫時的，之後不管是秋天或冬天，我們都要在一起。眞想早點見到姊姊。」

咲良似乎還想說些什麼，話卻鯁在喉嚨，只能沉默地眨眼。她帶著笑容，淚水卻奪眶而出，於是低頭以指尖抹過臉頰。

「怎麼啦？」幫忙拍攝的女同學問。畫面搖晃，然後靜止。影片結束在這裡。

寂寞在玲奈的胸口膨脹，連靈魂都幾乎要凍結。

爲了逃離跟蹤狂的糾纏，咲良搬到位於豐橋的親戚家。深信到夏天騷動就能告一段落，忍耐著度過每一天。那一年，妹妹和玲奈都盼望著夏天的到來。

然而，梅雨季尚未到來，咲良就踏上前往天國的旅途。

滿嘴難以言喻的苦澀，玲奈不禁閉上眼，意識飄向遠處。為了追查堤暢男的動向，這四天幾乎沒怎麼睡，一直維持緊繃狀態，隨之而來的反作用力差點擊垮她的精神。

耳邊不間斷地傳來列車的行駛聲，意識還算清楚。玲奈明白自己在做夢，依然想當成與咲良的一次見面。

天使般的笑容如昔，咲良就站在眼前。

「咲良。」玲奈呼喚著，握住妹妹的手。十分溫暖，回握的力道也相當眞實。

網路傳輸費很貴，沒辦法講太久。咲良的言語如同毫無條理的規律，在夢中縈繞不去。必須在有限的時間裡傳達心情，這樣的迫切感催促著玲奈。

玲奈將深藏在心底的一切，向咲良傾吐。「咲良，難爲妳這麼忍耐，很寂寞、很恐怖吧？離開前一定覺得很熱、很痛苦吧？可是，全都過去了。」

咲良浮現帶著哀傷的微笑。我知道，咲良輕聲低喃。「姊姊，不用再擔心了。」

「妳在做什麼？住在怎樣的地方，過得幸福嗎？」

玲奈靜候片刻，但咲良沒有回答。那張笑臉蒙上一層茫然。

發車音樂傳入耳中。沒時間了，唯有這點玲奈是明白的。她急忙開口：

「咲良，謝謝妳來當我的妹妹。妳跟我這麼要好，我真的很開心。從今以後我們也要一直在一起。」

無情的變化如潮水湧來，玲奈逐漸察覺到夢境的存在。猶如浮力將身體推往水面，她迅速恢復清醒。車站月台傳來的樂音反覆不絕於耳。恍惚中張開眼，她看見幾個人跑進車廂。

站務員的聲音響起：「前往川越、各站皆停的列車即將出發，請勿再勉強上車。」

玲奈握著iPhone，想必經過一段不短的時間，液晶螢幕已關閉。抬頭望向窗外，出現北戶田站的標示牌。她回過神，起身在車門即將關閉前奔出車廂。

玲奈佇立在夜晚冰冷的月台上，日落後的天空殘留一抹昏黃。車門關閉，電車駛離。

發車的同時，周遭人煙消散殆盡。寒風蕭瑟，與夢中感受到的春風截然不同，唯有荒涼的寂寥將周圍無盡捲入。

呼出的氣息染上白色，在寂靜中消散。好痛苦，玲奈心想。隨著雙眼睜開，無法避免的空虛感油然而生。短短數分鐘，她痛切體會到與咲良的重逢僅僅是一場夢。她再也忍不住，無聲地哭泣。

不能模糊視線，得隨時注意四周情況。玲奈拭去淚水，獨自走向樓梯。無須反覆確認，咲良一直與我在一起。她將手機緊握在胸前，默默想著。

3

夜色中，玲奈走下北戶田站西口。

JR高架鐵路與東京外環車道相互交錯，新開發的站前空間規畫得十分整齊，氣氛莫名寧靜，環繞著無以名狀的寂寥。走過圓環一小段路後，是一片分區出售中的空地，工廠和商業設施三兩座落，路上不見往來人影，連一輛車也沒行經。黑夜沉靜地融解於闇影中，玲奈佇立在路燈朦朧照亮的一角。

比對iPhone上的Google地圖，玲奈很快確認米田大樓的位置。一百公尺外，一片低矮建築中，米田大樓獨自聳立在墨藍天空下。她調查過不動產資料，這裡專門出租辦公室，並非一般住宅。從此處就能看到大樓入口，室內的燈暗著。

地理標籤不單記錄GPS位置，也會標記海拔高度。檜池泰弘向木梶愛莉施暴的照片，是在海拔十八公尺處拍攝。查詢國土地理院的網站，可知這一帶的高度是海拔六公尺。

玲奈的目光轉向大樓前的道路護欄。她取出原子筆，閉上一眼，將原子筆一端對齊護欄邊緣，測量護欄的長度。接著，她將原子筆轉成縱向，貼著大樓比對。一道護欄長四公尺，所以是三個護欄的高度。再計算窗戶數量，得知這個高度位於四樓，而整層只有一戶邊間的燈亮著。

玲奈跑向大樓，從羽絨大衣口袋拿出迷你噴霧罐，裡面裝的是親手調和的藥劑。混合酒精、亮光漆和雲母粉後，除去底部沉澱的粉末，便能得到剩餘的混濁液體。她在人行道奔馳，邊將混合液噴在過度蒼白的整張臉龐。水分滲進額頭和臉頰上的傷口，引發陣陣刺痛。這下傷口恐怕沒那麼容易痊癒。風迎面吹來，液體很快乾涸，她又噴一層上去。抵達大樓前，臉上噴滿好幾層混合液。

來到大樓入口，靠近一點，便會發現這棟建築有相當年紀。信箱塞著亂七八糟的傳單，幾乎看不見名牌，四樓各戶均沒標示姓名。

附近一個人也沒有，玲奈戴上手套。在緊急照明燈的微光下，自動上鎖式的門阻擋她的去路。

玲奈望向天花板的防盜監視器，以目前的明暗程度，應該會切換成紅外線攝影模式。自動門上貼著保全公司的商標，這家公司最近的營業所位在大宮站前方，即使保全透過攝影機遠距監視時察覺異狀，開車趕來也要二十分鐘。

玲奈走近牆上的操作面板，手伸向方格數字按鍵。爲了方便不動產業者出入，出租大樓的自動鎖都設有極爲簡單的密碼。她先嘗試最常見的「呼叫1234」和「#1234」（註一），自動門沒開。機率第二高的密碼組合是「呼叫1111」或「#1111」，接著依序是0000、9999、7777、8888。連續輸入四個相同的數字，便能入侵兩成的大樓。

但這棟大樓不在那兩成內。將所有連續號碼試過一輪，自動門依舊毫無反應。

玲奈隨即從信箱抽出一張廣告傳單，插進左右門之間的縫隙，上下移動。三成的自動門會因感應器作用打開。然而，這個方法也行不通，大門頑固緊閉。

那麼，只能使出殺手鐧。她觀察大門左上方，發現一個不起眼的四角形小突起物，於是助跑幾步，一腳踩上堅硬的玻璃，讓身體朝垂直方向伸展。接著，她伸長手，指尖碰觸到突起物，喀一聲按下。

那是自動門的電源開關，每家製造商設計的位置幾乎相同。切斷關閉狀態的自動門電源，玲奈的手指擠進兩片玻璃的縫隙，往左右拉開。

她設定iPhone上的計時器，倒數二十分鐘。硬扳開自動門，保全肯定會飛奔過來。

玲奈走進幽暗的大廳，放棄電梯，選擇從樓梯跑上去。這棟大樓空戶不少，由於過了營業時間，出租的辦公室都空無一人。

不曉得檜池是以什麼名目承租。根據調查，從大學藥學系中輟後，他放棄藥劑師之路，成爲藥局的登錄販售者（註二）。但他只做了兩年，之後一直是無業狀態。依新聞報導，警方在木梶愛莉的失蹤現場檢測出微量安眠藥。如果是辦公大樓，收發或運送藥物不會引人懷疑，遭通報爲可疑分子的風險也較低。

四樓到了。走廊不出所料沒開燈，四下無人，如墓地般荒涼死寂。玲奈屏住呼吸，靠近邊間的大門。

她按下對講機，門鈴響起。對講機冒出些許雜音，對方似乎拿起話筒，不過沒出聲。

註一：日本大樓入口自動門的密碼輸入面板，通常由0～9的數字，以及「＊」、「＃」和「呼叫」鍵組成。

註二：在日本除了合格藥劑師外，一般民眾必須通過國家考試，取得登錄販售者的資格，才能販售藥品。

「我是大樓管理公司的職員，有您的包裹。」玲奈開口。

對方頗為警戒，沉默數秒，對講機的雜音戛然而止，似乎是掛上話筒，正在打開門鎖。

眼前緩緩出現縫隙，玲奈強硬推開門，事態卻出乎意料。

擋在門口的並非瘦弱的青年，而是脂肪過多的巨漢，幾乎快撐破無袖汗衫。

檜池一臉鎮定，不悅地瞪著玲奈。然而，玲奈毫不畏懼，壓低身體撲上前。檜池文風不動，不過玲奈仍順利越過障礙，闖進屋內。

看過堤暢男電腦裡收到的照片，玲奈大致掌握屋內陳設。兩個房間相連，裡間放有婦產科的診療檯，綁著木梶愛莉，而隔間的門是往內側開啓。

玲奈穿過散亂的雜物，衝進裡間半開的門，驀地與愛莉對上視線。如同照片拍攝的情景，幾近全裸的愛莉仰躺在診療檯上，渾身遍布青紫斑點，約莫是遭到毆打導致內出血。充血的雙眼不停湧出淚水，嘴裡綁著布條，只能發出嗚咽聲，還有一絲血痕從太陽穴流下。

見檜池追來，玲奈摔上門，發現沒鑰匙，立刻推倒櫃子擋住房門。但隨即傳來粗魯的聲響，門縫逐漸變大。檜池企圖撞開門，每撞擊一次，櫃子就偏離一些，恐怕撐不過一分鐘。

玲奈抓起一旁的手術刀，替愛莉割斷嘴裡的布條，她放聲大哭。接著，玲奈割斷綑綁愛莉胳臂和扶手的繩子。待愛莉一手恢復自由，玲奈把手術刀交給她，專心防衛檜池。

倒下的櫃子掉落一堆醫藥用品，只有幾片薄薄的手術刀堪用。對付外面的龐然大物，殺魚刀也不夠用。

那就改採其他手段。玲奈撿起標著「組織胺二鹽酸鹽」的小瓶子、一小袋檸檬酸粉末和肝素軟膏。這樣還不夠。她打開旁邊的冰箱，啤酒和燒酒都派不上用場，倒是有一盒納豆。

橫倒的櫃子突然滑動，撞上玲奈。她趴倒在地，發麻的疼痛流竄全身。門愈開愈大，檜池擠進一隻胳臂，愛莉驚聲尖叫。

雖然他還進不來，但一刻也不能再猶豫。玲奈在手術刀尖端塗抹軟膏，沾上組織胺及滿滿的檸檬酸粉末，最後厚厚裹上黏稠的納豆。

櫃子終於被撞飛，房門大開，檜池肥胖的軀體躍入。玲奈轉身，一口氣將手術刀刺進檜池的肩膀。

傷口遠不及致命，但檜池瞪大眼慘叫，肩膀噴出大量鮮血。巨漢跌跌撞撞衝出房間，踢翻所有家具，玻璃用品全砸得粉碎。一陣發狂暴動後，劇痛仍沒有緩解的跡象，他吼著跑到走廊，慌亂的腳步聲匆匆遠去。

如同暴風雨過後，周遭恢復寂靜。玲奈氣喘吁吁地站著，手指拂過臉頰，又流鼻血了。

她望向診療檯，愛莉還握著那把手術刀，渾身僵硬無法動彈。剩餘的繩子一根也沒割斷，她面色慘白，恐懼不已。

玲奈走過去，小心替愛莉鬆綁，蒼白的肌膚留有繩子綁縛過的黑色瘀痕。她究竟遭到何種對待，玲奈無意詳細探問。一旦意識到眼前的女孩遭受暴力，失去咲良時的感受恐怕會再次甦醒。玲奈拾起地上的毛毯，輕輕蓋住赤裸的愛莉。

「還好嗎？」一片沉重的靜默中，玲奈問。

愛莉只是一個勁發抖，淚水止不住地滑落，一點聲音也發不出來。

玲奈沒期待她會回答，不過要是一直說不出話，精神狀態實在堪憂。

在房間角落找到電話，玲奈撥打一一〇後，將話筒交給愛莉。

稍微聽得見話筒傳來男性應答聲。請問要報案嗎？還是發生意外事故？

玲奈沒開口，以眼神催促愛莉回答。

沉默片刻，愛莉仍不停顫抖，但終於細如蚊鳴地出聲：「救救我。」

她表達出自身的意志，這樣就足夠了。玲奈在不切斷通話的狀態下，將話筒放在診療檯旁，警員的呼喚傳來。既然是用市內電話撥打，報案中心會一併收到相關的位置數據，就算不繼續對話，警車應該也會很快趕到。

玲奈瞄向iPhone，還有四分鐘。

她走到隔壁房間，檜池將屋裡翻得亂七八糟，沒有能立足的地方。地上散布各種不輸情趣商品店的下流玩具，四面牆都潑上紅色油漆，猶如前衛藝術。其實那並非油漆，而是檜池動脈噴濺的鮮血。大量血液接觸到空氣，發出異樣的臭味。

突然，眼角餘光有東西引起玲奈的注意。那是一堆偵探業常見的資料，約莫十幾本亂丟在桌上，從封面看來是調查報告書。

玲奈隨手拿起，所有文件都沒署名，紙質和印刷文字各不相同，似乎是委託好幾家業者。她翻閱內容，裡面詳細記載監視對象的生活情形。提供跟蹤狂這種情報，是業界的禁忌。堤暢男的報告書大概也混在其中。

檜池委託這麼多業者，不會只爲追蹤愛莉。文件不都是全新的，她翻開一本有些年代的褪色報告書。

意想不到的衝擊迎面而來，玲奈僵在原地。從排版、字型大小到行距，都似曾相識。她脫掉手套，撫摸紙面。熟悉的觸感，伴隨絕不可能遺忘的記憶片段，重新浮出意識表層。

忽然間，一陣微弱的地鳴襲來，似乎是某種東西破裂，震動窗玻璃。

玲奈跑到窗邊往下望，眼前出現令人驚訝的景象。

一輛公車停在路上，左右車頭燈中間凹一大塊，司機茫然站在一旁，腳邊躺著穿無袖汗衫的巨漢。那是檜池。隱沒於黑夜的路面，逐漸為朦朧的路燈點亮，隨著血海蔓延，反射的光愈來愈強。

乘客貼在窗上，窺探車外的情況。原本這條路幾乎無人通行，此時附近的居民紛紛趕來，現場一片吵雜。

玲奈退回屋內。封鎖範圍不會僅止於這棟大樓，搜查員會愈來愈多，必須盡早遠離。

檜池死了嗎？恐怕他是難忍劇痛衝到路上，迎面撞上公車。玲奈心知肚明，她是罪魁禍首。

管他的，玲奈暗暗嘟噥。

正對大門的隔壁房裡，愛莉裹著毛毯，哭腫的雙眼緊盯玲奈。縮著瘦小的身子，獨自留在極其淫猥的房中央。如此悲哀孤獨的身影，將不斷糾纏愛莉，難以擺脫。

不過，這是一時的，她還有未來。無論多麼淒慘的經歷，總有一天會化爲遙遠的記憶。只要擁有明天，終究能逃離。

跟咲良的命運不同。

玲奈低聲交代：「忘了我。」

警察想必就快到達。玲奈從櫃子裡抓起一支圓底燒瓶，將愛莉留在原地，轉身離開。

幽暗的走廊，彷彿沉入遭到燒毀的陰鬱心情底層。不論樓梯是通往地獄或地下墓窟，都無法成爲下樓的阻力。玲奈將感傷化爲虛無，步入黑暗深處。

4

電視劇裡演的警察搜查行動，和實際情況大相逕庭。

對於任職警視廳搜查一課，即將滿二十九歲的窪塚悠馬警部補來說，在案發現場一點行動自由也沒有。整體情況掌握在轄區警署的重大案件班、鑑識人員及機動搜查隊手中，聽取他們的報告是庶務管理官的工作。

這些管理官不會像電視劇一樣主導搜查會議。由於出身總務或警務體系，和刑警的職種相差甚遠，在搜查會議上僅是列席，全程不吭一聲。各單位的報告通常交由係長統整提出。

晚上八點過後，穿藍色制服的鑑識課員在米田大樓四樓的邊間進進出出。窪塚站在窗邊，俯視路面封鎖區。路旁停滿警車，紅光不斷閃爍，引發事故的公車仍停在原地。

這也與電視劇不同，不會拿粉筆沿著屍體周圍畫線，因爲擦掉粉筆痕跡時，一不留心便會破壞重要物證。

接獲木梶愛莉遭到綁架的報案後，警方早在一週前成立搜查總部。雖然將無業的檜池弘列為嫌犯，但證據不足沒能發布通緝，也查不到他的行蹤。今晚好不容易得知他的藏身處，卻無法再進行任何調查。檜池在抵達醫院前，便內臟破裂死亡。

被害者送往另一家醫院治療，依性暴力案件的處理常規，接受驗孕、梅毒、B型肝炎等相關血液檢查。警方掌握的只有嫌犯施暴前的情報，完全釐清這起案件引發的傷害，還需很長一段時間。六週後檢查有無感染淋病和披衣菌，三個月後檢查HIV愛滋病毒，等待足足半年，所有相關疾病的發作與否才能確認完畢。木梶愛莉的心靈要恢復平靜，恐怕得熬更久的時間。

警方的委外醫生川垣走過來。他是個前額光禿的中年男子。「血痕從室內延續到走廊、電梯和大樓玄關，根據醫院送來的報告，檜池的肩膀遭到刺傷。」

「肩膀嗎？」窪塚望著染上褐色斑點的牆，「不過，他看起來流了非常多血，凶器是什麼？」

「大概是醫療用的手術刀，刀刃只有小小一片。」

「愈來愈匪夷所思。」

「倒也不會，」川垣嚴肅地托著下巴，「那個房間地上掉落一盒納豆，疑似遭尖銳物品攪拌過。通常，就算人體出現外傷，血液也會凝固形成血栓，進而止血。但納豆裡含有可溶解血栓的酶類。」

窪塚心中的警鈴隱隱作響。「只是把納豆塗在刀上，就能造成這麼嚴重的結果？」

「不是的，還有其他藥品的使用痕跡。檸檬酸會阻礙凝血必須的鈣作用，肝素中的醣胺聚醣也能溶解血栓。組織胺則會導致血管擴張、促進出血，帶來難以忍受的劇痛。」

難怪那樣肥胖的人，會痛到跌跌撞撞，衝上馬路。「是誰刺傷他的？」窪塚問。

川垣擺出無辜的表情，「除了檜池和被害者外，現場不是沒驗出其他指紋？應該是他自己刺的吧。」

眞是不可靠的推論，窪塚暗想。「是自殺嗎？」

「驗屍不是由我負責，不過剛剛和醫院那邊通過電話，醫生認爲不無可能。雖然只是推測，但檜池曾立志成爲藥劑師，大概曉得怎麼結束自己的性命吧。」

「這麼瞭解藥物，理當想得到其他方法。即使不能安樂死，也不至於刻意用組織胺增加痛苦。」

川垣冷哼一聲，轉過身。「搜查是你們的工作，打擾啦。」

委外醫生拋下諷刺的話語離去，窪塚目送他的背影。

注意到旁邊有個穿制服的保全，搜查一課的飯田係長和幾名同事在向他問話，窪塚走過去。

看起來比窪塚年輕幾歲的保全一臉困惑。「我剛剛說過，從大宮的營業所到這邊，就算走首都高速公路，也要花二十分鐘。」

飯田推了推鼻梁上的眼鏡，「但坐埼京線電車只要十五分鐘。」

「開車出動是本公司的原則。」

「所以，你和另一名保全抵達時，警車就停在大馬路旁了吧。」

「是的。聽說是公車撞到人，引起一陣騷動。」

「然後，你們進入大樓巡視，察覺這一戶不對勁。」

「因爲大門開著，還傳出女人的哭聲。」

「是第一位通報者嗎？」窪塚插嘴。

搜查一課的同事栗賀神情不快，「現在是我們在問話。」

窪塚無視栗賀的抗議，繼續向保全提出疑問：「你們爲什麼會出動？」

保全有些迷惑地回答：「剛剛我也解釋過，是透過監視器看到可疑人物硬撬開大樓入口的自動門。」

「那是怎樣的男人？」

「不是男人，應該是女人。」

「應該？」

「那個人臉龐白到發光，無法確定。」

飯田以手勢制止緊張的保全，轉向窪塚。「推測是將雲母粉弄成膠狀，混合酒精後塗在臉上。這樣會造成光線漫射，在紅外線高感度攝影鏡頭下會呈現一片白。」

這是侵入民宅行竊的常見手法，科搜研（註）應該能分析影像。窪塚詢問保全：「方便提供監視器畫面嗎？」

「呃，這個嘛……」保全益發窘迫，「雖然只有兩個人值班，遇到狀況還是必須處理，所以我們都出動了。按規定流程，營業所空出的一小時內，總公司會派職員過來支援。對方剛剛跟我聯絡，在他抵達前，所內就遭人翻箱倒櫃。」

實在太離譜，窪塚暗想。「保全公司居然被闖空門嗎？」

「那是營業所，不是公司。隔壁就是超市，只是待命的小據點，也僅僅裝設一般的金屬框玻璃門。除了儲存大樓監視器錄影檔的記憶卡，歹徒連營業所的監視器影像都一併帶走。」

「那邊報案了嗎？」

「支援的職員應該已報案，目前派出所巡警正在調查。」

「保全出動後，那女人便搭電車到大宮，顯然早料到營業所會是空城狀態。」飯田不滿地嘀咕。

保全臉色十分難看，眼神游疑不定。

窪塚無論如何都想確認一件事，直盯著保全問：「那女人是短髮嗎？」

「長髮，黑色直長髮，體型很纖細。」

不知是不是有意打斷對話，飯田對保全說：「辛苦你了。」

飯田隨即轉身離開，窪塚有些不服氣地跟上。

鑑識課員搜證的相機閃光燈四處亮起，窪塚向飯田攀談。「今天早上的搜查會議提到，檜池涉嫌從數年前起，便持續犯下以性侵爲目的的綁架案。」

「接下來就是要查證他的犯行。」

「爲了綁架目標對象，他會僱用偵探查出她們的所在地。」

註：全名為「科學搜查研究所」，設於道府縣警本部的科學研究機構，也負責需要專業知識的鑑定工作。

「這不過是檜池一個舊識的證詞，屋裡並未找到疑似調查報告書的文件。」

「搞不好是那女人拿走，跟保全公司的記憶卡一樣。」

飯田凝視窪塚，「還不能確定兩起案件有沒有關聯。」

「係長剛剛也說，有人看準當時的營業所是空城狀態。」

「聽著，」飯田語氣強硬，「警視廳馬上要召開記者會。木梶愛莉平安受到保護，嫌犯檜池泰弘死去，目前就自殺與意外兩方面進行調查。發表內容就是這些。」

「也可能是那女人下的手吧？」

「檜池是死在公車輪子底下。」

「如果拿手術刀刺他的是那女人，就能以傷害或過失致死問罪。」

「她只是恰巧在同一時段闖進大樓入口，電梯管理公司並未在電梯的監視錄影器看見她。木梶愛莉也表示，除了檜池之外，沒見過任何人。」

「或許是那女人不准她透露，應該耐心問個徹底。」

「你在說什麼，對方可是未成年的性暴力受害者！」飯田壓低音量，「搜查總部的規模已縮小，你的工作到此爲止。把該做的事做完，就趕緊回去。」

飯田以沉默表達不容許任何反對意見，轉身快步離去。

看來召開記者會的前提，是不能觸及入侵大樓的女人。係長想必隱約察覺那女人的身分。

爲了防止警視廳前副總監的遺產繼承紛爭，及賭場設立法案牽扯出的醜聞曝光，警方將背後引發的傷害事件全壓下來。對於當著搜查員的面毆打女醫生的紗綺玲奈，甚至決定不進行任何處置。

搜查一課私下將紗崎玲奈列爲需要特別關注的人物，但這樣的戒備肯定不夠。這次的案件，和發生在玲奈妹妹身上的悲劇極爲相似。

窪塚邁向走廊。透入窗戶的紅光忽明忽滅，在天花板形成不規則的漣漪。在血海中仰起頭，是否就會望見這片波紋搖曳？懷著抑鬱的心思，窪塚離開現場。

5

新聞報導木梶愛莉平安救出的早晨，玲奈搭新幹線前往愛知縣豐橋市。

警署內的情景一如四年前，負責承辦的谷淵刑警即將邁入老年，他看起來也像直接從玲奈記憶中抽取出的人物。白髮蒼蒼、有些老舊的褐色西裝，及關心的眼神，彷彿重現當時的模樣。

然而，玲奈一點都不懷念。喚醒的唯有痛苦的回憶，心情宛若無風的濕原般沉鬱。

不過，不能否定谷淵給予的體貼與溫情。面對紗崎咲良的姊姊造訪，他的態度如家人般親切。玲奈提出想再看一次警方保管的證物，他也爽快答應。

穿越走廊之際，谷淵詢問玲奈：在東京念哪裡的大學？還是已就業？

玲奈含糊回答。這些事認眞調查就會知道，但實際上谷淵並不清楚玲奈的近況，警視廳的情報似乎沒傳到豐橋署。

搜查一課至今仍緊緊守著阿比留一案的內情，或許值得慶幸。在豐橋署的警員眼裡，玲奈只是受害者家屬。此時此刻，單單能維持這個身分，她已十分感激。

谷淵在門前停下腳步，和藹地開口：「我放在桌上。然後，等一下生活安全課的女職員會過來，希望妳能與她談談，好嗎？」

不太明白谷淵的意思，玲奈仍答應下來。

目送谷淵的背影消失，她才開門進去。

這是個狹窄的房間，僅有一張木紋桌子和一張摺疊椅。微弱的冬日陽光透進窗戶，照亮一小角的桌上，放著眼熟的文件。

玲奈坐下，從手提包拿出偷偷帶進來的檔案夾。

在米田大樓裡找到十幾本調查報告書，這是其中之一。標記的日期是四年半前，與咲良的案件幾乎是同一時期。內容是當年二十二歲的女孩伊澤恭子的行蹤紀錄，包括她住的公寓和公司地址，何時起床、幾點去車站、會在哪個月台等車。偵探跟蹤她超過一週，每一個行動都以分鐘爲單位記錄下來。

警方在長野山中找到伊澤恭子時，她已成爲一具屍體。檜池想必是從這名偵探提供的報告書中，得知她何時何地會落單。根據今早的新聞報導，如同其他眾多受害女子，檜池的住處搜出伊澤恭子的遺物。

曾經陷入泥淖的案件，終於眞相大白，犯人也已死亡，對被害者的遺族來說，或許是大快人心、多少能得到撫慰的新聞。然而，還有一人罪不可恕。

將兩本檔案並排在一起，玲奈繃緊神經仔細比較，包含經年褪色的程度在內，封面如出一轍。

雙手同時翻開封面，第一張均是沒有印刷的全白頁面，調查內容從下一頁開始。

兩本檔案的一致性，遠遠超越玲奈腦海中的印象。不管是格線、標題的粗體字、註記日期時間的黑體、字距與行距，還是特殊的文體和語尾，都一模一樣。依序列出調查對象、姓名、年齡，第二行的「委託調查事項／確認並追蹤調查目標對象的行動」框線內留白的面積相同，連天氣和調查時間的寫法也不例外。從頭到尾，兩份報告絕對出自同一人之手。

她閉上眼撫過紙面，觸感毫無差異，用的是同款的紙和墨水。

喜悅與悲傷交錯，玲奈的心情彷彿狂風驟雨般激動。盯著印在紙上的文字，視野逐漸模糊。她趕緊抬頭望向天花板，以免淚水滴落報告書。

她孤身一人，選擇成爲反偵探課的偵探。進入業界後，才知道從事違法活動的業者無窮無盡。即使沒辦法針對特定目標下手，也要將不肖業者全數揪出，她只能以此爲信念支撐自己。

不過，咲良不是唯一的犧牲者，不能再讓這個敗類藏身在群體中。

即使不去閱讀，目光仍會受記錄咲良一日作息的報告吸引。宛如旅途上夕陽逐漸西沉的寂寞浸染內心時，玲奈再次憶起咲良的身影。

不知何時，柔和的陽光從桌上悄悄溜走。一回神，敲門聲響起。

玲奈驚醒，隨即將伊澤恭子的調查報告書收進手提包，拭去淚水。門緩緩打開，谷淵探進頭問：

「紗崎小姐，看得差不多了嗎？」

「是的。」玲奈輕聲回答。桌上只剩咲良的調查報告書，她闔上封面，推向前。

「謝謝。」

「抱歉，至今仍未找到製作這份文件的偵探。我們會全力搜查，能不能請妳再等等？」

憂傷在內心深處蔓延。凶手岡尾死亡，搜查總部早就解散，豐橋署不會執著於追查不肖偵探的身分。

玲奈點點頭，「謝謝。」

谷淵帶著溫和的微笑退到門邊，走廊上一名穿制服的中年女子笑咪咪地走進來。這名女警親切地向玲奈致意：「初次見面，紗崎玲奈小姐，我是生活安全課的園山。」

「唔……有什麼事嗎？」

園山拿出一本手冊，「如果遇到無法找別人商量的情況，我們隨時接受諮詢。雖然轄區不同，不過離您的住處遠一些其實更有幫助。方便的話，請讓我為您介紹。」

看到手冊，玲奈不禁皺眉。封面印著「家暴庇護所簡介」。

啊，玲奈恍然大悟。我的臉上滿是瘀青與ＯＫ繃，他們不曉得我的職業，難怪會懷疑我遭到家暴。

玲奈不打算編造「只是跌倒受傷」之類的拙劣謊言。遭毆打和意外受傷的痕跡明顯不同，她不認爲能騙過警察的眼睛。

玲奈默默收下簡介。家暴庇護所，不曉得四年前是否已設立。要是將咲良藏到那裡，平安活下來的機率有多少？園山熱切說明庇護所好處的話聲飄過耳際，玲奈的思緒逃進空虛的想像中。

6

在雅虎或Google搜尋引擎輸入「家暴庇護所」，會得到龐大的搜尋結果。大多數是相關議題的討論文章，找不到寫出明確地址的網站。既然是家暴受害者的避難處，自然不能公開地點。

公立的正規家暴庇護所由ＮＰＯ（非營利組織）法人營運，全國各地皆有設置，也接受大企業資助。其中西多摩家暴庇護所與總務省（註）、警方和家庭裁判所合作密切，無疑屬於優良設施之一。

沿國道411號線爬上山路，便會來到這棟蓋在台地、可俯瞰奧多摩湖的歐風建築。原本是會員制的休閒養護中心，因此規模頗大，設施完備。所內設有六十七間客房，提供女性單人住宿，或婦女與小孩共同生活。

即使位在關東，此處仍以情況緊急、情節嚴重的家暴受害者爲優先收容對象，只能經警方介紹入所。由東京都政府負責管理，從稅金撥出相當的預算做爲經營之用。

不過，如同其他家暴庇護所，並非免費入住。停留兩週內，一天需付七千圓，超過兩週後則爲五千五百圓。同行兒童每天一千六百圓。

入所時，規定必須交出手機。要是與外界聯繫，遭GPS定位暴露所在地就麻煩了。NPO職員或律師會舉辦自立支援諮商和講座，主要是力勸她們不要回到會施暴的丈夫或交往對象身邊。另外，也協助遷居到較遠的地方、二度就業及孩童的轉學事宜。

將滿三十一歲的穗津芽衣，是這家庇護所的職員。平常以運動服代替制服，這一點倒是與酪農業有異曲同工之妙。應徵上東京都政府釋出的職缺時，只聽說是看護設施，

註：日本中央行政機關之一，負責行政管理、地方自治、通訊傳播、消防等事務，類似台灣的內政部。

直到派遣過來，她才曉得是家暴庇護所。

負責人告訴芽衣，庇護所職員的身家背景會受到徹底調查，一旦發現瑕疵，便會轉調他處。這是維護機密安全的一環。

要貫徹嚴密的安全措施，工作內容十分繁重忙碌。深夜零時過後，一輛荷重一公噸的卡車引擎沒熄火，在庇護所旁等候許久。雖然獲得通過閘門進入設施的許可，但尚未收到都政府方面的確認，無法卸貨。

駕駛座窗戶裡的老司機一副傷腦筋的表情，「我是無所謂，不過一直保溫下去，稀飯會蒸發掉。」

芽衣低頭賠罪，「非常抱歉，負責人很快就回來。」

根據規定，唯有負責人才能打開貨櫃。卡車本身也有限制，如果貨櫃是無法看見內部的類型，僅有配備貨物分析系統的卡車能通行。這輛卡車側面裝設電子面板，顯示貨物總重量及鋁罐內水分多寡的數值，且是防止不當操作或改造系統的設計。這是爲了避免有人躲在貨櫃，偷偷潛入庇護所。光是食材的配送，就受到如此嚴格的管理。

庇護所的熄燈時間已過，芽衣在黑暗的建築物裡，跑遍每一樓層尋找負責人。今天輪值夜班的，只有芽衣和資歷比她多兩年的笹倉志帆，而接應送餐業者是志帆的工作。

看到管理室的聯絡單，芽衣不禁洩氣。志帆開車去接新的入住者。

芽衣無計可施，只能回到卡車旁。如同司機嘮叨的，稀飯一點一滴蒸發。原本含水量占百分之九十九、重一噸的稀飯，此刻面板上顯示水分減少到百分之九十八，剩〇．九九噸。這數字不光代表食材和能源的浪費，也證明等待時間的漫長。

芽衣焦急不已，終於看到車頭的燈光滑入閘門。總算得救了，她連忙跑過去。一輛休旅車停好熄火，穿運動服的志帆下車。

「歡迎回來，入住者呢？」芽衣問。

志帆一副筋疲力盡的神情，搖搖頭。「我等到很晚，她都沒出現在約定的地方，電話也不通。最後才寄來電子郵件，說夫妻倆會再談談，今天就不過來。」

「又來了！最近老遇到這種狀況。」

「真的，不想逃離施暴的丈夫，就不要申請嘛。」志帆望向卡車，嘆氣道：「啊，我忘記告訴他們，這週起改成西式伙食。」

「果然是這樣嗎？都政府那邊一直無法確認，我就覺得奇怪。」

「哎呀，」志帆走到卡車旁，「司機，真抱歉，這是我們的疏失，請載回去吧。」

司機啐一聲，「之前明明都順利交貨，改吃稀飯不就得了？妳們不是能再調整？」

「沒獲得許可，無法進行卸貨。」志帆禮貌的語氣中帶著疲憊，「非常抱歉。」

司機會暴怒也在情理中，他對著志帆破口大罵。

惡言惡語告一段落，司機握住方向盤。「好，我回去就是，賤女人。」

「啊，請等一下，」志帆遞出記事板，「麻煩在這裡簽名。」

「又要簽這種無聊的文件嗎！」

「這是保證不會對外洩漏庇護所住址的文件，只要進入閘門，一定要簽名。」

司機草草揮幾筆，將記事板丟給志帆，按響擾人清夢的喇叭，駛離閘門。

紅色車尾燈在山道上逐漸遠去，或許是聽到喧鬧聲，庇護所的幾扇窗戶亮起燈，有人不安地窺望。

「沒事，不好意思吵到大家，請好好休息。」芽衣喊道。

「對不起，全是我的責任。」志帆垂頭低語。

「沒什麼大不了的，」芽衣真心這麼覺得，「誰教我們一人得做十人份的工作。」

這就是家暴庇護所的實際工作情形，時常碰到訂單發送錯誤，或和業者發生摩擦的狀況。對外必須持續保持警戒，對內則需細心體貼對待入住者。在過度緊密的業務下，職員的精神耗弱，益顯憔悴。

無奈的芽衣隨志帆走向玄關。她拖著沉重的步伐，腦海突然掠過一絲不安。

這裡的地址未必能永遠保密，要是家暴丈夫或男友突然出現在門口，該怎麼應對？鬧門雖有警衛駐守，其實要進來意外容易吧？黎明時分，輪值的其中一名警衛可補眠，餘下的一名警衛，不足以顧及庇護所每一角落。要帶走入住者相當困難，但是硬闖呢？

冬天的太陽起得特別晚。七點過後，草原終於浮現明暗對比的綠，日光照射時溶於一片金黃，雲影遮蔽時便呈現沉穩的深綠。閃閃發亮的奧多摩湖面，是耀眼的光芒匯聚的結晶。

芽衣佇立在庇護所的庭院。空氣如透藍的冰溫柔撫過臉頰，寒風竄過草原，引發深淺輕舞的波浪。

愈接觸大自然的美，芽衣愈感到憂傷，或許是對入住者的移情作用吧。生活在家暴庇護所的女性，臉上多半有傷痕，初來的幾天都會悶悶不樂，不少始終不曾和其他人說話。

眞是莫名其妙。明明該管束施暴者，爲何是受害者東躲西藏，畏畏縮縮地依偎在一起？

輕透的陽光照耀冬天的花朵，炫目的色澤浸染視野。

芽衣不禁嘆氣。大概是太疲憊，才會忍不住質疑制度。

廣播的喇叭突然傳出女聲，劃破寂靜。「早安，以下幾位入住者，請到後院的花壇前集合。宮下有紀子、高橋葵、市村凜、戶橋美櫻、飯塚楓、尾下朱里、倉澤千春、蘆原遙香、森道七海、用賀麻央、林山姬華。重複一次……」

是芽衣的後輩，職員佐藤結菜的聲音。通常是八點換班，她怎麼在執勤了呢？剛剛的廣播又是什麼意思？一大早召集入住者到後院，是例外中的例外。

芽衣滿腹疑惑地返回庇護所。磚造外牆裡混雜的金屬顆粒，反射著耀眼的陽光。觸目所及之處，盡是一片平和的早晨景象。

一樓管理室的窗戶一向開著，芽衣往內探看。

擺放著書架和辦公桌的管理室裡，結菜剛離開麥克風旁。注意到芽衣，她點頭致意。「早安，芽衣前輩。」

「妳在做什麼？」芽衣問，「工作時間還沒到吧？」

結菜浮現困惑的神色，「因爲我看到留言。」

「留言？」

結菜取下一張以圖釘固定在牆上的紙條，交給芽衣。

芽衣不敢置信，紙條上竟冒用她的名字。

佐藤：

進管理室後，立刻請以下入住者到後院花壇前集合。

穗津

紙條上列出結菜剛剛念的名單。這當然不是芽衣的字，她看慣同事的筆跡，也不像出自認識的人的手。上頭的筆跡粗野凌亂，也可能是男人的字。

志帆睡眼惺忪地踏進管理室，含糊地問：「剛剛的廣播是怎麼回事？」

心臟劇烈跳動，芽衣全速奔跑。她繞過建築物，一路衝到後院。

由於家暴庇護所的設施性質，職員全是女性。雖然僱用男性警衛，但只在隔一段距離的閘門旁待命。在這種情況下，反倒要埋怨這樣的用心。警衛定時巡視後院，不會常駐於此，這個時間點的後院恐怕也不是警戒區域。

廣播召集的入住者之間，基本上沒有交流。其實在庇護所內，大家都不太打照面。

眞要說有什麼共通點，她們都是較年輕的入住者、沒帶孩子，從凶狠的施暴者身邊逃離。

同居的交往對象游手好閒，每天扯著高橋葵的頭髮拖行，動不動就拳打腳踢。戶橋美櫻結婚後飽受傷害，丈夫會勒她的脖子，抓著她的頭撞牆。逼得每個人都早有一死的覺悟，日常生活中便顯現PTSD（註）的症狀，反覆呢喃「不想回去」。

後院空無一人，芽衣隨即注意到異狀。圍牆上的小門開著。通常會從內側鎖上，除非緊急情況，不會有人出入。

從小門往外望，芽衣頓時嚇傻。

一條未經鋪設的山間小徑上，十幾名入住婦女沿著陡坡往下跑。她們穿著庇護所統一發放的連身睡裙，沒帶任何行李。

坡道盡頭旁停著三輛黑色箱形車，看起來是硬從山林間的平坦處開進來。幾個穿黑色風衣或大衣的男人下車接應，車門滑開，她們毫不猶豫地陸續上車。

距離太遠，芽衣邊下坡邊喊：「等一下！」

可惜爲時已晚，那群婦女全部上車，接應的男人鑽進駕駛座。三輛箱形車發動引擎，壓過雜草，闖出一條路，劇烈顚簸著駛離。

短短幾秒，車影便消失不見。芽衣不敢相信自己的眼睛，愣在原地。高地上的風格外寒冷。當浮雲蔽日，冰凍的空氣便沉滯下來。不能這樣呆站著，芽衣急忙上坡回到小門前。只見志帆和結菜跑過來。志帆氣喘吁吁地說：「廣播中叫到名字的人，全從房裡消失了。」

我知道。剛剛我束手無策，眼睜睜看她們離開。芽衣聽見自己悲痛地喊著：「有人開車帶走她們，趕快向警方報案。」

兩人臉色大變，轉身奔回庇護所，芽衣尾隨在後。

「帶走」的描述，嚴格來講不太正確。那群入住者是自願逃走，而且是在聽到廣播後，立刻採取行動。

芽衣感到近似暈眩的混亂。一切彷彿覆上霞光的幻象，毫無真實感。然而，事態發展至此，虛實已毋庸置疑。

註：Post-traumatic Stress Disorder，創傷後壓力症候群。

7

審訊室的窗戶嵌著鐵格柵，但並非一般認知中監獄的那種欄杆。纖細的鐵骨或橫或縱或斜，交錯組合成歌德風格，營造出花窗玻璃般的時尚氛圍。採用這樣的設計，是希望能減輕案件參考人的精神負擔。

然而，警方找來這個房間的人，往往背對窗戶而坐，這點倒是和電視劇一樣。因此，案件參考人沒什麼機會仔細觀察鐵格柵。

今天審訊室的訪客也不例外，對窗戶不甚關心。私家偵探堤暢男，表現出目中無人的態度，一語不發地瞪著半空。

隔著辦公桌，窪塚面向堤。

桌上沒有檯燈之類可能成爲武器的物品。在無比單調乏味、充滿密閉感的室內，坐著一個眼神空洞的三十多歲男人。這就是窪塚舉目所見的一切。

差不多該打破沉默，窪塚開口問：「你知道紗崎玲奈嗎？」

堤含糊回答：「沒聽過。」

「你拚命追一個在正規偵探社工作的女子，很可能遭公安委員會以違反《偵探業法》檢舉。說起來，你根本沒申請營業許可。」

「偵探業是指什麼？」

「你的工作啊。」

「我才沒在做那種工作。」

「名片上印著手機號碼，而且你常把『任何委託都接』掛在嘴邊吧？」

「啊，因爲我經營的是萬事包辦的便利屋。」

這是地下偵探喜歡宣稱的身分，無疑是個好用的開脫藉口。堤維持不配合的態度，八成是發現自己只涉嫌扒竊。他很清楚，既然沒從店裡拿走任何東西，警方就無法逮捕他。

這也表示搜查人員沒有時間可浪費。窪塚盯著堤說：「我們有目擊證詞。」

「去查查監視器吧。」

窪塚閉上嘴，堤似乎看穿他在虛張聲勢。

沒有確切的證據可指出，紗崎玲奈就是在伊藤洋華堂裡躲避追趕的女子。監視器拍到一個與玲奈相似的身影穿過大門，此人罩著羽絨大衣的帽子，又低著頭謹慎行動，顯然掌握監視器的位置。

警方也沒取得有力的目擊證詞。不過，埋伏在須磨調查公司前的同事回報，在那之後，玲奈的臉上多出不少瘀青。

窪塚決定貫徹謊言。「目擊者指稱，逃跑的紗崎玲奈臉龐滿是傷痕，懷疑你們起過爭執也是理所當然。」

「不追究那個假的店內廣播嗎？」

「說出你們發生衝突的原因！」

堤的態度突然產生微妙的變化，且愈來愈明顯。他戲謔地揚起嘴角：「原來如此，你什麼都不知道。」

「不知道什麼？」

「看來我根本不必要求見值班律師。」

一陣敲門聲響起，窪塚回望，只見同事栗賀探進頭。

窪塚嘆著氣，起身走到門旁。

「律師來了，在下面等。」栗賀低語。

鬱積的倦怠感在窪塚的全身蔓延，堤等於一句都沒回答。他曉得第一次見值班律師是免費的，早早決定要找律師。既然需要律師，想必他是擔心警方拿出不利的證據，沒能逼問到最後眞不甘心。

窪塚瞄堤一眼。堤終於轉過身，不特別感興趣地仰望那扇窗。

堤突然發現般拉高嗓音：「咦，這鐵欄杆好奇怪。」

栗賀帶著難以捉摸的神色退回走廊，窪塚尾隨在後，和門外的制服巡警交接，離開審訊室。

堤目中無人的身影消失在門的另一側。走廊上只剩下兩人，窪塚以眼神示意栗賀開口。

強烈的夕照透進室內，栗賀背對著光，注視窪塚問：「柚希還好嗎？」

窪塚有些煩躁。他不想在工作場合談論女兒，於是敷衍道：「最近得參加教學觀摩。」

「眞辛苦。」栗賀接得乾脆，表情也沒特別感慨。

「沒什麼，有家庭的人多少都有些辛苦。」

「了不起，單身的我實在無法理解。」

「要是你在尋妻之路上又碰到挫折，再來抱怨給我聽吧。」窪塚走向大門。

「窪塚，」栗賀出聲叫喚，「如果上面那些人是笨蛋，我們的小命也會縮短，你不認爲嗎？」

窪塚打斷栗賀的話：「怎麼突然扯到這裡？」

「麻布署的岩下警部補實在可憐，聽說被灰道集團幹掉了。」

「你認識他嗎？」

「不認識。」栗賀面無表情，「比方暴力團（註一）與關係企業、股東年會鬧場蟑螂（註二）、社會運動或政治活動流氓（註三），及高專業暴力集團（註四），警方都認定爲反社會勢力。但灰道又算在哪一類？高專業暴力集團嗎？還是不屬於反社會勢力？」

「『關東連合』與『怒羅權』不就是準暴力團？」

「其他灰道集團呢？連定義都很模糊，搜查方針也定不下來，這樣殉職的警察是無法超生的。」

窪塚一陣煩悶。灰道集團確實是新興的威脅，他們遍布全國各地，甚至逐漸壓過暴力團的勢力。

不同於只能邁向高齡化的黑道分子，灰道的年長者不過四十多歲。成員往往出身良好家庭，背景和暴走族並無牽連。憑藉高學歷，透過拆遷工程、搬運產業廢棄物、經營俱樂部或藝能製作公司等檯面上的事業獲取收入。當然，從經營約會交友網站之類的灰色產業，到進行匯款詐欺、非法放款、詐騙低收入者等明目張膽的犯罪，也遍布他們的觸角。

灰道不屬於暴力團，不適用《暴對法》（註五），警方只能針對個案成立搜查總部。警察總是追在他們身後，難以防止受害範圍擴大，這正是令人擔憂的現狀。

不過，窪塚不打算退縮。「警官的殉職人數，一年平均是十名左右，從灰道作亂前就是這個數字。」

「這樣正常嗎？根本是感覺麻痺了吧。我三不五時就感到憂鬱，領著微薄的薪水，

註一：日本對黑道組織的稱呼。

註二：這類人會在股東年會舉行前，向目標企業要求財物。若對方不從，便威脅將透過不斷提出異議或臨時動議等方式，阻撓會議進行。

註三：表面上標榜社會或政治活動，實際上從事各種詐欺、恐嚇等單純圖利行為的人。

註四：憑藉法律或財經等專業知識，與暴力團伙勾結，進行不法活動的集團。

註五：即一九九二年針對黑道組織制定的《暴力團對策法》，其中將須嚴加控管的黑道組織命名為「指定暴力團」。

卻要白白送命，難道不是極端異常的職業？」

「全國的警官有三十萬人，十人是極少數，而且幾乎都死於交通事故。」

「意思是，不會輪到你頭上嗎？」栗賀嚴肅地搖頭，「樂觀可是大忌。」

「如同玩俄羅斯輪盤時，千百支手槍裡只有一顆子彈。爲工作扣下扳機，該死的時候就會死。機率是微乎其微。」

「那麼，在上層執意要整你前，沒必要提升機率吧。回想你和係長的互動，明明有其他方式溝通，你卻馬上選擇對立的態度。係長的確不太靈光，但要是我們謙虛點，他會認眞聽進耳裡。不過，若能睜一隻眼閉一隻眼也不壞。」

窪塚逐漸理解栗賀眞正的用意，拐彎抹角講一大堆，其實是飯田派來的說客。總之，重點就是：不要違抗上級。

熱情早遺失在遙遠的彼方。窪塚深深感到這一點，輕聲應道：「就是要察言觀色，閉上嘴吧。我懂了。」

「喂，我是站在你這邊的。」

「是嗎？」

「別這麼冷淡，」栗賀瞥一眼審訊室的門，壓低音量：「檜池的案件已是過去式。

青梅署成立特別搜查總部，大概會派我們過去。」

「青梅？發生什麼事？」

「家暴受害者集體失蹤。聽說是從都立設施一起逃走，共十一人。」

鼓動的心瞬間冷卻。前一個工作還沒收尾，下一場騷動已發生。

這份微薄的薪水，確實無法與付出的心力相比。想到必須經常面對危及生命的處境，感受益發強烈。

從大學畢業、通過考試、從眾多競爭者中脫穎而出。一回過神，才發現自己不過是一顆棋子。然而，既然還活著，只能繼續走下去。

窪塚握住門把，「要出發時通知我，在那之前我要好好訊問堤。」

8

從豐橋回到東京超過一週，今天早上玲奈一如往常，步入位於汐留一棟複合式建築七樓的辦公室。

不像推理小說裡的偵探事務所，職員之間沒有相互連結的使命感，只有隔閡。一切與虛構的世界大相逕庭。須磨調查公司的偵探課隨時有六個人駐守，但他們看到玲奈毫無反應，甚至避之唯恐不及。

二十八歲的桐嶋颯太是唯一的例外，他溫和地向玲奈微笑。

「臉上的瘀青似乎退得不太明顯了。」

「也沒有，」玲奈沒釋出任何善意，「警察還是不時會叫住我詢問。」

隔一段距離的辦公室一角，就是反偵探課。玲奈丟下手提包，拿著一本檔案走向社長室。

敲門後，傳來「請進」的低沉回應，玲奈微微頷首踏進社長室。

須磨康臣坐在辦公桌後方，戴著眼鏡閱讀一份文件。他抬頭望向玲奈，眉宇間看得出近五十年歲月的刻痕。

樸素的西裝搭配領帶，相當符合經營者的形象。不過在人格上，他稱不上正派，也不是能傳授智慧、值得尊敬的對象。玲奈心裡明白，受僱的自己同樣是世人厭惡的存在。

她把檔案放在桌上，推到須磨眼前。

「這是什麼？」須磨問。

「四年前檜池綁架殺害伊澤恭子，這是她的行動調查報告。沒有署名，無從得知是誰製作的。」

「還眞是滿久以前的案子。」

「只要是違反《偵探業法》，想追蹤誰、怎麼調查，後果都由我自己承擔吧？」

玲奈再次確認反偵探課的行動原則。這似乎喚起須磨的注意，他浮現詫異的神色。

「妳爲何想揪出這名偵探業者？」

玲奈沉默以對。既然已說明過，事到如今也不會有所改變。無論是面臨的狀況，或自身的意志。

須磨的神情轉爲嚴峻，似乎察覺玲奈的想法。他翻開檔案，「妳到豐橋署比對過嗎？」

「是同一個人製作的。」

「搞不好是僞造的陷阱。」

「那本檔案做爲物證，一直保管在豐橋署。經年累月的褪色程度也一樣。」

「即使是江戶時代的圖書，也不乏精巧的贗品。搞不好警署有人協助夾帶樣本出去。」

「如果眞有人做到這種地步，我也會將他的犯行公諸於世。」

「紙上的指紋，可用含普維酮碘成分的咳嗽藥水檢驗出來。」

「只有一個人的指紋。跟我帶回來參考的圓底燒瓶上的指紋相符，也就是只有檜池的指紋。」

須磨闔上檔案，嘆著氣摘下眼鏡。「我沒看過豐橋署的那份報告書。不過，這本不像最近才複製。既然妳判斷是同一人製作，應該沒錯。」

玲奈保持冷靜，胸口的情感卻逐漸膨脹。她坦白吐露心中的想法：「我曾差點放棄，畢竟這簡直像大海撈針。」

須磨放鬆坐姿，說故事般繼續道：「有一種叫唱片刻錄師的職業，他們是用針將音樂刻在黑膠唱盤上的專家。CD能靠機器自動壓制完成，製作唱片則需要非常熟練的技術。這樣的專家在國內不過數人，因此每家唱片公司發訂單的對象都一樣。要能回應跟蹤狂的需求，擁有確實掌握目標行蹤的能力，這樣的人在不肖偵探中是瀕危物種吧。只要追蹤那些接受性犯罪者委託的偵探，也許總有一天能找到答案。」

須磨曾經認爲，要揪出岡尾僱用的偵探非常困難。剛剛的發言，表示他承認事情發展出乎意料。

須磨思索片刻，很快又問：「這是在檜池住處找到的嗎？他只僱用堤暢男和這傢伙？」

「不，調查報告書數量眾多。不過，我認爲只有這一份是那個偵探寫的。」

「那麼，想必有更多女性因其他不肖偵探受害。其中應該有較近期的案件，四年前接受這個跟蹤狂委託的偵探，搞不好早金盆洗手，也可能已深深反省。即使如此，妳仍決定追根究柢嗎？」

眞是不通人情的問題。玲奈回望須磨，不發一語。

須磨露出傷腦筋的表情，「我問的方式不太好。妳的目標是什麼？幫妹妹復仇後，妳的工作就結束了嗎？還是打算繼續揭露不肖偵探的非法行爲？」

內心的苦悶宛如逐漸汙濁的漆黑液體，玲奈只能凝望虛空。她不禁脫口而出：「往後的事我不知道。」

須磨沉吟半晌，剛想對玲奈的回答表示認同，卻突然想起般轉換話題：「上週沒機會告訴妳，峰森已出院。」

琴葉的臉掠過玲奈的腦海。醜腆的站姿、體貼的舉動、有些天眞無邪的親暱態度，微露的小虎牙和咲良一模一樣。

為了維持自制力，思考反倒變得遲鈍。玲奈輕聲應道：「這樣啊。」

「不過，她尚未成年，必須以監護人的意見為優先。她的父親聯絡我們，說不會回來公司上班。女兒碰上那種遭遇，不難理解她父母的感覺。雖然十分遺憾，她已辭去工作。」

桌上時鐘的秒針聲響，在寂靜中格外清晰。玲奈的眼神恢復冷靜：「這是明智的決定。」

「我已向她的父母鄭重道歉，妳不必再去致意，雖然那可能會讓妳心裡好過些。」

感傷伴隨憂愁而來，胸口深處隱隱作痛，心沉入孤獨中。每當回憶浮現，總像要溼了眼眶。

不應該現在想起的。玲奈只簡短答覆「好」。

感受到須磨的視線，玲奈並未回望，逕自拿起檔案低頭離開。

9

對峰森琴葉來說，包含復健期在內的長期住院生活，是重新檢視與家人和朋友關係的好機會。

尤其是年長三歲的姊姊彩音，溫柔的照顧讓琴葉深深感動。剛與彩音結婚的姊夫織田哲哉一同前來探病，說妻子的妹妹就像親妹妹，這份和善琴葉也十分感激。

當初姊姊結婚，琴葉內心五味雜陳。哲哉屬於爽朗運動員類型的人，有時卻會流露頑固的一面，琴葉暗自覺得他並不好相處。藉由這次住院，消除彼此的隔閡，或許是個不錯的契機。琴葉每天都切身體會到，自己並非孤獨一人。

雙親和高中時代的朋友，也從故鄉廣島來東京探望。多虧住院的閒暇時間，琴葉能和每個人好好說話。琴葉在大家面前紅了眼眶，能確認與重視的人之間的羈絆，比什麼都開心。

大腿只傷及脂肪層，沒切斷肌肉，和臉部的傷口一樣，進行皮下縫合。手術剛結束時，可看到如指甲壓痕般的明顯切割線，及稱爲狗耳現象（dog ear）的凸狀硬疤痕。面對這樣的衝擊，琴葉只能一直盯著疤痕哭泣。

幸運的是，在姊姊夫婦和雙親的支持下，琴葉傷心難過的次數減少，漸漸不在意傷口。某天撕除防紫外線繃帶，她不經意望向大腿，一時竟找不到疤痕。過一陣子，終於在皮膚上發現一條隱約的白線。

瞧，不用擔心，妳還很年輕。過四十歲後可能會稍微明顯，但到時妳會更在意皺紋。主治醫生笑著打趣她。

琴葉透過鏡子端詳自己的臉。額頭的縫合痕跡，不靠近就不會發現，化妝後便消失無蹤。琴葉放下心中大石，再度喜極而泣。雖然目前仍得倚賴拐杖，不過她對復健燃起熱情，醫生保證傷勢能順利復原。

琴葉想向所有人表達感謝，包括玲奈在內。手術的執刀醫生透露，傷口的急救處置非常完美，玲奈採取的措施，加速傷口自然痊癒。搶下不肖偵探霜田的手機，迅速呼叫救護車，是十分正確的判斷。

然而，琴葉周遭的人持有不同見解。一天傍晚，來探病的雙親和姊姊夫婦談及玲奈。琴葉想通知玲奈她已恢復精神，家人卻都皺起眉。

彩音一臉憂鬱，「琴葉會碰上那麼可怕的遭遇，紗崎玲奈是罪魁禍首。」

「咦？」面對姊姊的反應，琴葉頗爲訝異。「不對，是我硬要跟去。玲奈姊原本打算一個人出門。」

哲哉面色凝重，「可是，最後妳們還是一起前往那個凶犯埋伏的危險場所。」

琴葉益發困惑，「就說事前不知情嘛。」

「琴葉，妳根本進錯公司。那不是妳該扯上關係的職業，也不是妳該來往的人。」父親沉穩勸道。

母親突然想起般開口：「紗崎玲奈小姐聯絡過我們嗎？」

彩音神情微妙，望向一旁。「須磨社長曾打來致歉，紗崎小姐則是無聲無息。」

琴葉胸口一陣悶痛，卻堅定地說：「打給她吧，我的手機裡有她的號碼。」

彩音的臉色依舊陰鬱，「打過了。紗崎小姐早就更換手機號碼，須磨社長解釋那是職業所需，不過誰知道呢？他們稱不上正經的社會人吧。」

音信全無就是有問題，她應該來賠罪——家人如此批評玲奈。

琴葉非常難過。玲奈沒主動聯絡，想必是顧慮到我的處境，希望我盡快忘記不愉快的遭遇，或避免不肖偵探接近。要留心警戒的事太多，但玲奈遲早會出現，琴葉深信不疑。

然而，直到琴葉出院，都沒收到玲奈的隻字片語。

琴葉瞞著家人打電話到須磨調查公司，須磨轉達玲奈的話，認爲不要再見面比較好。

琴葉在病房傷心地哭了一整夜。

姊姊夫婦在上班前來探望，看到她紅腫的雙眼，彩音著急地問發生什麼事。

琴葉據實以告，姊姊夫婦卻不認同，雙雙浮現理所當然的表情。

「早就說過，那種人沒有一般社會常識。」哲哉嘆氣。

「琴葉，妳最好忘掉一切。如果不想回廣島，先暫時住我們家。要是想就職，我會陪妳找工作。」彩音溫和勸道。

琴葉無法釋懷。不管是彩音或哲哉，都不曉得玲奈辛酸的過往。該不該告訴他們眞相？

煩惱到最後，琴葉終究沒開口。不管怎麼想，玲奈都不會希望失去妹妹的事遭到大肆宣揚。

出院的日子到來，姊姊帶琴葉回到他們夫婦居住的公寓，父母和親戚朋友都齊聚一堂。

琴葉又哭又笑地度過感動的時光。哲哉拿著數位攝影機，拍下派對的熱鬧歡騰。琴葉打心底感到幸福，記錄這天的影像，將是她永遠的寶物。

哲哉還找來他的玩伴，活力旺盛的青年一擁而入。這群做衝浪風打扮的人，舉止透著輕浮。雙親有些微詞，但彩音似乎並不討厭，適當扮演了潤滑劑的角色。乍看頗爲認眞的哲哉，交往的朋友卻如此粗鄙，琴葉難掩驚訝。

或許是喝了酒，哲哉的朋友批評起素不相識的玲奈。琴葉拚命忍住不開口。大概是姊姊夫婦視玲奈爲戰犯的緣故，這些人毫不猶豫地把炮火對準玲奈，甚至罵玲奈是蠢女人。場面宛如被告缺席的審判，琴葉的心情益發惡劣。

然而，琴葉的想法多少受到影響。自從受重傷的那一夜，她和玲奈就沒再見面。幾個月都杳無音信，愈來愈難相信玲奈會出現。雖不至於薄情，但玲奈或許和她的想像不同。如姊姊般可靠的玲奈，兩人共度的時間，難不成是一場錯覺？跟彩音相處愈久，琴葉愈明白兩人的差距。

另一方面，儘管姊姊溫暖地迎接，琴葉總覺得不太對勁，無法坦率接受家人的好意。是她太鑽牛角尖了嗎？還是在偵探事務所工作後，接觸社會的黑暗面，雖然不足半個月，仍受到不良影響？

琴葉在姊姊夫婦的公寓住了下來。考慮到未來可能生孩子，公寓的格局是三房二廳附廚房，其中一間讓給琴葉住。姊姊夫婦出門上班時，琴葉就前往公共職業安定所

（註），全心投入尋找工作。

午後，琴葉回到空蕩蕩的公寓，打開電視，清掃起房子。彩音交代會有貨到付款的宅急便送來，她便把錢包和手機帶在身上。

打開吸塵器時，電視傳來綜合情報節目的播報聲：「以下是上週破獲的女高中生誘拐案後續報導。凶嫌檜池泰弘雖遭公車撞擊身亡，除了獲救的女高中生外，警方懷疑過去還有更多犧牲者慘遭毒手。」

節目列舉近幾年在關東地區發現的女性遺體名單，逐一介紹案件梗概，敘述中出現施暴、動粗，還有棄屍等關鍵字。

琴葉不知不覺停止打掃，盯著電視。

在須磨調查公司待不到半個月，大半時間都在辦公室待命，但她從須磨社長和桐嶋前輩身上學到許多。他們提過，新聞媒體會將犯罪的實際情形替換成其他說法，偵探必須知道如何解讀。

施暴或動粗，皆是暗指強暴。若非性方面的暴行，會以毆打、踢踹之類的詞彙形容。

若屍體不完整，通常會說該部位遭到重擊致死。輕傷指一個月內可痊癒，重傷需一個月以上，瀕死即有生命危險。因案件或意外喪命稱爲「死亡」，自然噁氣則以「逝世」描述。這些都是文字選用上的差異。

檜池犯行下的犧牲者，究竟歷經多麼悲慘的命運，琴葉心裡有數。她厭惡地關掉電視。或許父親的看法沒錯，這不是我該扯上關係的行業。

以吸塵器和拖把仔細清潔地板後，琴葉單手拿著撣子除塵。一回神，她發現屋內有些昏暗，只見窗外夕陽西斜。打開燈時，她注意到櫃子上的數位攝影機。

琴葉取過攝影機，按下播放鍵。液晶螢幕映出她和姊姊打鬧的影像，出院派對的檔案還沒移存電腦。看著充滿歡樂的熱鬧情景，琴葉忍不住微笑。

觀賞片刻，她點開主選單想看其他影片，卻發現三個刪除的影片。

那些是連續三天拍攝的，時間是琴葉剛住院沒多久。當時拍的影片只有那三段。

玄關傳來聲響，琴葉立刻將攝影機放回櫃子上。「我回來了。」穿長大衣的彩音走進客廳。

「歡迎回家。」琴葉問，「姊夫呢？」

註：日本厚生勞動省設置的行政機關，提供輔導就業的相關服務，略稱Hello Work。

「跟公司同事去喝酒，男人老是這樣。」彩音走向廚房邊問，「有沒有買肉？」

「放進冰箱了。姊姊……」

「怎麼？」

琴葉閃過一絲遲疑，卻說不上理由。她擺出笑臉，回答：「沒事。」

心情亂糟糟的，根本無法平復。爲什麼我沒說出攝影機的事？

彩音將鍋子放上電磁爐，看來會專心做菜一陣子。琴葉離開客廳，走進姊姊夫婦的起居室。

桌上放著筆記型電腦。姊姊他們都是用這台筆電截取攝影機裡的影片，燒錄到光碟中，而檔案會暫存在系統資料夾。

打開資料夾，卻找不到那些日期的影片，複製到光碟裡了嗎？她打開抽屜，翻找光碟盒。發現貼有日期標籤的光碟，時間都在琴葉進入須磨調查公司前，最近沒有燒錄光碟的跡象。

該不會那張光碟單獨藏在別處？

爲何會猜疑到這種地步？琴葉至今仍不明白。心中一陣反感，眞想全部忘掉返回客廳。然而，她果然沒辦法拋下筆電，沒釐清眞相前不想放棄的想法愈來愈強烈。

或許偵探的職業意識不知不覺在她心中紮根。說起來桐嶋教過，刪除的檔案是可復原的。

清空資源回收桶，充其量就像刪掉書籍的目錄，內頁本身還在。只要硬碟沒遭其他資料覆寫，就能用專門軟體救回檔案。

琴葉搜尋軟體的官方網站，下載一個免費軟體。按下運行的按鈕，便列出遭刪除的三個影片，還原到資料夾後，播放日期最早的檔案。

影片視窗跳出，開始播放。畫面晃動和雜音都很嚴重，不過看得出是在室內拍攝。地點應該是客廳，和出院派對一樣，連出現的面孔都相同，確定是哲哉和他的酒肉朋友。

驀地，鏡頭映入玲奈的臉部特寫。玲奈的雙眼哭得紅腫，濕漉漉的髮絲像遭豪雨澆淋般緊貼頭皮。

琴葉倒抽一口氣，根本沒聽說玲奈曾登門造訪。

喇叭傳出彩音的話聲，態度粗魯，語氣輕蔑：「喂，看鏡頭。從頭再來一次。」

玲奈屈膝跪下。屋內莫名髒亂，地上有水灘，餐具和廚餘一片狼藉，玲奈的衣服也非常骯髒。

「快點，」彩音催促，似乎是她負責拍攝。「不是要妳好好道歉嘛！」

睜大的雙眼盈滿淚水，豆大的水珠滑落臉頰。玲奈哭著，顫聲細語：「對不起，琴葉。」

鏡頭外突然有人擲來一只碗，玲奈的頭上淋滿味噌湯。粗暴的男聲吼著：

「這什麼態度，應該是琴葉『小姐』吧？用敬語！」

玲奈一臉哀傷，咬住嘴唇像在忍耐。「琴葉小姐，非常抱歉。害您受傷，對不起。」

男人一腳踩在玲奈頭上，「要是眞心反省，就正坐下跪謝罪啊，醜八怪！」

琴葉背脊竄過一絲涼意，這個聲音十分耳熟。

畫面移向上方，姊夫得意洋洋站著。

鏡頭回到玲奈身上，只見她趴跪在地。接著，哲哉的朋友也出現在畫面中，拉扯玲奈的頭髮，逼她抬起臉。

玲奈大概是在晚餐時分上門道歉。散落一地的食材，想必都用來丟擲玲奈。

影像的內容證實琴葉的猜測。一顆生雞蛋飛來，砸中玲奈額頭，破裂流出黏糊糊的蛋黃與蛋白，滑下劉海滴在臉上。下流的笑聲四起，不只哲哉，甚至混雜彩音的聲音。

琴葉關閉檔案，茫然若失。她想相信這是一場惡夢，像要確認般，指尖自然移向隔天的影片，按下播放。

姊姊發出莫名愉悅的第一聲：「又來道歉嗎？眞是學不乖的女人。」

影像頻頻搖晃，哲哉的話聲響起：「會弄髒房間，過來！」

玲奈被拉進畫面，一屁股跌坐在浴室地板上，這回負責攝影的是哲哉。彩音的身影清晰地出現在鏡頭裡，拿蓮蓬頭朝玲奈大量噴水，執拗地追逐她躲開的臉。玲奈呼吸困難，顫抖著不斷咳嗽。

琴葉的心緊緊揪成一團。她關閉視窗，卻無法不在意第三段影片，於是播放最後一個檔案。

這次的鏡頭依然劇烈晃動，半晌後聚焦在玲奈憔悴的面容上。她的眼淚已流乾，神情恍惚。

哲哉的朋友出聲：「讓妳嘗嘗琴葉受過的苦，賤貨。」

其中一人從後方架住玲奈雙臂，另一人剪爛玲奈的衣服。玲奈呈半裸狀態，內褲也暴露在外。

玲奈毫不抵抗，反倒激怒這群男人。

「那是什麼表情！」有人罵道。

一巴掌隨即甩來，玲奈不禁後仰，跪倒在地。

彩音笑得渾身亂顫，尖聲高喊：「讓她的臉再腫一點！」

男人打得更加起勁，賞給玲奈的巴掌未曾停歇。玲奈的臉左右甩動，雙頰愈來愈紅腫，眼淚如斷線的珍珠飛散空中。

彩音的聲音猛然切入，但來源不是喇叭。「琴葉。」

琴葉回頭，彩音就站在房門口。

姊姊臉上沒浮現任何情緒，也沒有影片曝光的焦躁或尷尬，反而流露責備的眼神。

隨著混沌凝滯的時間流逝，室內醞釀著一股風暴。琴葉直視彩音，彩音卻是一臉淡然。

還能維持所謂的正常思考多久，琴葉也不清楚，一切彷彿迷失在濃霧中。琴葉低聲問：「動手了嗎？」

彩音不快地反問：「什麼？」

「我問妳那些傢伙有沒有動手！」琴葉抑制不住內心翻騰的情緒，「是不是強暴她了！」

彩音面無表情地望向電腦，「妳自己看不就知道了。」

鬧彆扭般幼稚的態度，琴葉不禁想起小時候的姊妹吵架。

琴葉有些猶豫，但也強烈感受到，不能面對現實便是認輸。她將影片進度條拖曳到最後一部分，按下播放鍵。

令人不忍卒睹的淒慘軀體倒臥在地。玲奈的衣服被剪得破破爛爛，看不出原樣。肩膀遭人搖晃著，她只能無聲哭泣，全身浮現瘀斑，簡直像琴葉剛住院時在鏡中看見的自己。

琴葉的胸口彷彿快要撕裂。她將進度條往回拉，確認之前發生的事。

儘管男人硬抓住玲奈，終究沒強迫她發生性行為。他們很清楚留下多少程度的傷害，足以讓玲奈在夜晚悲泣入睡。這是經過計算的暴力，卑劣殘忍又狡猾。

琴葉再次把影片拉到結尾處，傳來手機響起和哲哉接聽的聲音。是，謝謝。這樣啊，明天會去東京車站接你們。再見。

掛上電話，哲哉說：「是妳爸媽打來的。」

「真的假的？」彩音啐一聲，出現在鏡頭裡，攏起地上散落的衣服碎片扔向玲奈。

「快滾吧！把妳的破爛衣服撿乾淨帶走，別讓我再看到妳，敢聯絡我爸媽就試試。」

模樣狼狽的玲奈沒有起身的意思，哲哉抓著她的頭髮，強迫她站起來。喂，滾出去！不要引起別人注意，安靜消失！鏡頭激烈晃動，畫面戛然而止，影片播放完畢。

琴葉恐懼得只能不住顫抖。渾身的血液冰冷至極，唯有心臟劇烈跳動，兩種異常的感受在體內對抗。

彩音打破沉默，冷靜的話聲在室內迴盪：「這都是爲了琴葉。」

針扎般的不快油然而生，琴葉瞪著彩音：「妳在說什麼？」

「只看影片，可能會覺得她很可憐吧。」彩音態度驟變，莫名強勢地繼續道：「那女人根本不把人命放在眼裡，不讓她徹底理解，她不會有自覺。」

「讓她理解什麼？姊姊，妳以爲妳是誰？哲哉姊夫和他那群朋友也一樣，長到這個歲數，還像國中生一樣欺負人很好玩嗎？」

「所以我說嘛，光看影片沒辦法瞭解這件事的本質。琴葉，記得妳有多慘嗎？玲奈可是一點都沒反省。」

「騙人，她明明道歉了。」

「那是表面上做做樣子，她一直露出令人不爽的眼神。要防止她再幹出蠢事，她得親身體驗。不單是爲了琴葉或家人，也是爲了將來會跟她扯上關係的所有人著想。」

高漲的憤怒無法壓抑，琴葉氣得大吼：「眞是不知羞恥！妳知道這是犯罪嗎？」

「我只是在教育一個不配當人的垃圾。」彩音十分不耐煩，「好啦，快來吃飯，我餓了。」

燃著熊熊怒火的胸口，突然竄進一陣冷風，琴葉難以忍受這樣的落差。

人有不同的面貌。話雖如此，琴葉不想以這種形式邂逅姊姊的另一面。哲哉和他的朋友也一樣，藉由鄙視立場上的弱者，發洩不滿的情緒。成人之間幼稚的羈絆是多麼醜惡啊。姊姊他們的心中，只存在冷酷野蠻的歧視觀念。

衝動之下，琴葉舉起筆電朝彩音扔去，不過沒丟中，筆電撞擊牆面摔落在地。

彩音有些畏縮地後退，這樣的空間已足夠，琴葉衝出無人阻擋的房門。

姊姊沒出聲叫喚。琴葉在玄關穿上鞋，奔入冰冷的黑夜。

10

在夜晚的街道上邊跑邊哭，路人不會上前關心，反而會躲得遠遠的，這是人之常情。從車站湧出的群眾，往琴葉的兩旁分散，又在她身後匯合。

琴葉漸漸放慢腳步，拭去淚水，走進車站驗票口。

不管在月台或車廂內，琴葉都忍住想哭的衝動，默默想著：我只會對一個人敞開心扉。

途中轉乘後，她在汐留站下車。義大利街的紅磚廣場上，滿是準備回家的西裝上班族。成排的小餐館中，傳出歡樂的談笑聲。

琴葉穿過這片喧囂，行經隱沒於黑暗的辦公大樓群，朝濱離宮庭園的方向前進。她在新大橋路邊的人行道上奔馳，最後抵達一棟公寓。

至今未歸還，也沒機會歸還宿舍的感應鑰匙。琴葉從錢包取出鑰匙，貼上感應器前，腦海掠過一抹不安。

偵探社的宿舍不會容許外人入侵，離職員工的鑰匙失效也很正常。

然而，鑰匙一靠近感應器，自動門便往左右滑開。

琴葉高興得熱淚盈眶。或許是公司的作業疏漏，但此時此刻，她只想任性地隨自己的想法解釋：我沒被排除在外。

搭電梯到八樓，她走向反偵探課專用的套房８０１室。

本想按電鈴，琴葉突然轉念，插入鑰匙。

我在幹什麼？想透過有沒有換鎖推測玲奈的心思，未免太天真。

不過，假如眞的想疏遠我，不會維持原樣。

不要再見面比較好，玲奈留下這句話。我想知道她眞正的心意。

琴葉轉動鑰匙。門鎖確實有反應，傳來鎖彈開的聲響。

心跳加速，琴葉打開大門。久違的房子和記憶中如出一轍，她脫下鞋子跑進客廳，撞見坐在沙發上的玲奈。

玲奈穿著連身長裙，驚慌地望向琴葉，茫然站起。一雙大眼不敢置信地眨著。

淚水衝出模糊的視野，琴葉緊緊抱住玲奈，臉埋在她胸口。玲奈承受不住重量倒向沙發。

玲奈沒生氣。從上方傳來的細微氣息感覺得出，她只是吃驚到失去言語。這般符合人性的反應，才更惹人憐愛。

沉浸於無法抗拒的哀傷中，琴葉大力抽噎著：「玲奈姊，對不起、對不起。」

琴葉不是在代替姊姊道歉。即使僅有一次，她也爲曾懷疑玲奈後悔不已。讓人心焦的寂寞滿溢胸口，她無所適從。

片刻後，玲奈輕輕撫摸她的頭。「琴葉，要活得比我久。我們約好了。」無盡的感傷環繞，琴葉緊抱著玲奈，放聲大哭。難以言喻的悲傷攪亂心緒，只能隨情感波動。玲奈的體溫，及震動鼓膜的心跳，就是琴葉能倚賴的所有慰藉。

哭累的琴葉，在沙發上淺淺睡去。

朦朧轉醒時，才發現玲奈也一起睡著。

她大概累壞了吧，琴葉暗想。跟著玲奈行動一次就明白，她在外頭總是繃緊神經，對周遭保持警戒。凡事都要迅速反應不容猶疑，回家後體力自然所剩無幾。

窗外的天色由濃暗的漆黑，逐漸轉爲拂曉前的深藍。鳥兒在一片寧靜中輕啼。

玲奈緩緩起身，還未完全清醒的嗓音低問：「我去沖個澡好嗎？」

約莫是接近上班時間了，琴葉點點頭。

玲奈慢慢離開沙發，走向浴室，一頭長髮在背後搖曳。

琴葉跟著起身。錢包和手機都放在口袋，她拿出手機看著液晶螢幕，現在是七點半，腦海浮現住在廣島的父親。從老家附近的吳站搭電車到市內的公司得花上好一段時間，這個時間父親差不多已出門。

待在須磨調查公司期間，她養成習慣，先按184才撥打電話。不過，此刻沒必要隱藏號碼（註）。鈴響幾聲後，傳來父親的聲音：「喂？」

「是我，琴葉。」

「一大早打來，怎麼啦？」

「我決定重新到須磨調查公司上班，希望爸同意。」

「什麼？別講傻話，不是要換到正經一點的公司嗎？」

「對我來說，這就是正經的公司。聯絡姊姊也沒用，我不會再回姊姊家。就這樣。」

不等父親反對，琴葉匆匆掛斷。

對話不會總像電影或舞台劇一般進行。她知道剛剛的語氣太尖銳，而且只顧表達自身的主張。心情豁然開朗的同時，泛起些許不安定。琴葉收起手機，暗暗告訴自己：我沒走錯路。即使是以違反法律爲常態的公司，我依然想在那裡工作。

瞄到遙控器，琴葉打開電視，專心看起新聞報導。根據她所學，這也是偵探的基本

註：加上184再撥打電話，就能隱藏自己的號碼（台灣不適用）。

工作。

檜池犯下的綁架案，早成爲過時的話題。如今有更重大的案件發生，標題寫著：十一名家暴受害婦女失蹤。

主播嚴肅地敘述偵辦進度：「西多摩的都營設施，發生家暴受害婦女集體失蹤案件，經過整整一天，依舊行蹤不明。警方預計約談曾向這些婦女施暴的丈夫或男友，但截至目前爲止，沒有任何失蹤婦女回到他們身邊。警視廳相當重視本案，今天早上已公開搜查。失蹤名單包括蘆原遙香、市村凜、尾下朱里……」

玲奈裹著浴袍回到客廳，拿毛巾擦拭濕髮。「妳要洗澡嗎？」

「啊，好的。」

「替換的衣服就挑我的穿，都在衣櫥裡。」

「謝謝。」琴葉不想錯失良機，直率地說出心中的想法：「從今天起，我想再回反偵探課工作。」

玲奈別開視線，「《勞基法》規定，沒有家長的同意，無法履行未成年者的勞動契約。」

「我會說服他們，不會讓任何人有意見。」琴葉自然地加強語氣，「我想陪在玲奈姊身邊。」

雙方陷入沉默。玲奈稍稍抬起眼，長髮滑落水珠。

陪在妳身邊。如此傲慢地脫口而出，或許有點滑稽。明明只是個綁手綁腳的外行人，根本不曉得自己有幾兩重，卻擺出一副要人感謝的施恩態度，一意孤行。

但這就是我的眞心。看著玲奈濡濕的長髮，琴葉不禁想起姊姊夫婦虐待她的情景，兩道身影在眼底重合。玲奈孤獨的身影多麼教人心痛，不能放著她一個人不管。

玲奈似乎並不介意琴葉的想法，低聲應道：「如果不是做爲社員，而是來公司見習，就沒什麼問題吧。」

琴葉不禁露出笑容，向玲奈點點頭。「這樣就好，太棒了。」

玲奈的神情並未軟化，目光轉向電視。

新聞仍持續播報著：「設施的地址至今依然保密，但根據職員的證詞，當時出現三輛可疑的箱形車，顯然是要接走這些婦女。警方也將內部消息走漏的可能性納入考量，愼重進行搜查。」

琴葉不加思索地開口：「有沒有辦法找到那些失蹤的人？」

玲奈步向通往梳洗間的門，「警方已出動，這樣就夠了。」

「可是，如果我們認眞調查……」

「找出違反《偵探業法》的偵探，才是反偵探課的工作。其餘都不在業務範圍內。」

琴葉有些失落，悄聲問：「因爲是工作才去做，僅僅如此嗎？」

「不，是工作之外的就不去做，僅僅如此。」玲奈靜靜離去。

困惑和沮喪在心中交錯，琴葉忍不住嘆氣。

歷經完全訴諸情感的一夜，琴葉忘記一件事。玲奈既頑固又倔強，琴葉總聯想到貓。令人著迷的美貌，優異的體能，偶爾會露出尋求關心的眼神。然而，一旦有人靠近，旋即築起警戒心；有人伸出手，便豎起爪子。明明很可愛，卻又不可愛。

11

對桐嶋颯太而言，今天也如尋常日子般展開。在偵探課的座位和同事討論手中案子的調查進度，下午預定要和新的委託人面談。

一切照常，沒有任何異狀。從事偵探業這種侵害他人隱私、極度欠缺一般常識的工作，只要習慣也就是家常便飯。身爲PI學校第一期學生，不光其他人，連他都自認適應良好，算是天職吧。雖然繼續這份工作，他只會招來民眾的嫌惡。

今天早上，融入桐嶋生理作息的勤務時間剛要拉開序幕，卻碰到怪事。玲奈帶著早該辭職的峰森琴葉出現。

琴葉笑著向眾人打招呼：「早安，又要麻煩大家關照。」

「眞的假的……」桐嶋愣住。

菜鳥在調查行動中送掉半條命並非首例，他能想到的不計其數。之後還願意回來，實在是前所未聞。

偵探課的社員沒表現出特別的關心，全擺出冷淡的姿態，繼續處理文書作業。

社長倒不至於如此。他快步上前，在菜鳥面前露出一副正經老練的表情：「峰森，剛剛令尊打電話來。說得溫和點，就是他想知道妳復工的理由。實際上，他氣勢洶洶地質問我，是不是又打算搶走他女兒。」

琴葉一臉不在乎，「直到他們正式認同我復職，無論當志工或見習都好，我要跟玲奈姊在一起。」

玲奈充耳不聞，默默走向自己的座位。她一向如此。

須磨的目光追著玲奈，「紗崎，關於這次鎖定的不肖業者，有沒有要先跟我報告的？」

「目標是四年前幫助岡尾芯也找到咲良的偵探。由於對方身分不明，方便起見我想取個代號。」

「怎樣的代號？」

「死神。」

「好，那就這樣。妳打算如何接近『死神』？」

「四年半前，『死神』接受檜池泰弘的委託。檜池僱用過許多不肖偵探，最後委託堤暢男。在檜池眼中，『死神』與堤暢男是提出類似的條件，替他追蹤獵物的偵探。既然是同業，工作範圍可能重疊，或許互相搶過飯碗。所以，我會調查『死神』和堤有沒有其他交集。」

在桐嶋看來，兩者的關聯相當薄弱。偵探之間因共同的委託人產生連結的可能性極低，但恐怕也沒其他切入點了吧。

須磨神色依舊嚴肅，「要和堤暢男接觸非常困難。涉嫌扒竊遭到逮捕後，他應該已被釋放。那種居無定所的人，想必不會回去先前住的公寓，而是隱居起來。」

這一點不必擔心吧，桐嶋插話。「紗崎曾闖入那傢伙的住處，對他的電腦動手腳，想必也在其他方面下過工夫吧。例如，在他的手機下載會發送位置座標的應用程式。」

玲奈望向桐嶋，「堤的手機不在住處。他是個相當謹慎的偵探，用的都是便宜的免SIM卡手機，沒配備GPS功能。不過，我在他桌上找到ETC卡，記下號碼，也曉得他開的Honda Odyssey的車牌號碼。」

「原來如此，」桐嶋一臉欽佩，「知道ETC號碼和車牌號碼，只要登入ETC使用者查詢服務網，就能看到使用紀錄。兩個月內何時通過哪個收費站都一清二楚。」

玲奈點頭，視線回到須磨身上。「平時他幾乎每天都會在中午前，經橫濱橫須賀車道下朝比奈交流道。去那邊埋伏，應該就能找到他。」

須磨抬頭看著牆上的時鐘，「現在出發大概來得及。」

「我正是這麼打算，麻煩借我一輛車。」玲奈離開辦公桌，走到設備櫃前，拿起一只藍牙手表，轉身問桐嶋：「我可以用這個吧？」

「可以，不過那是男款。」

「沒差，我不會戴在手上。」玲奈走向門口。

琴葉立刻跟上：「我也要去。」

玲奈不悅地回望琴葉：「妳忘記上次有多慘嗎？」

琴葉尷尬地低下頭，但還是抬眼瞅著玲奈。「我不是社員，應該有見習的自由吧。」

玲奈本想說些什麼趕走她，隨即邁開腳步，扔下一句：「隨便妳。」

琴葉揚起微笑，追著玲奈離開辦公室。

桐嶋冷淡地目送她們。他時常無法理解女孩之間的關係，腦海閃過電影《末路狂花》中，兩個女主角毀滅性的命運。授予無謀的人們名爲「責任自負」的行動自由，眞的好嗎？老闆肯定會頭痛不已吧。

然而，須磨早就轉身返回社長室。

12

天空泛灰，白色微光灑落山林間。大自然環繞的地方，即使黯淡的陽光穿透澄澈的空氣也不奇怪，可惜，這一帶飄浮著汙濁的塵埃。車陣綿延不絕，排出的廢氣冉冉上升。

而且，根本談不上寧靜。路旁的斜坡上，鑽地機在進行挖掘工程，斷斷續續的撞擊伴隨地面的震動侵襲四周。

琴葉坐在生鏽老舊的日產Skyline Coupe副駕駛座上。雖然車子停下，她卻完全靜不下心。

朝比奈交流道出口處，塞滿往鎌倉或由比濱方向的車。即使通過ＥＴＣ閘門，仍持續塞車。負責駕駛的玲奈，一出閘門便開到路邊停下，但這個區域怎麼看都是禁止停車。

琴葉的憂慮成眞。一輛白色警用機車靠近，玲奈降下車窗。「妳在這裡做什麼？」警察問。「我覺得很疲倦，正在休息。」玲奈回答。

警察乾脆地接受玲奈的說法，下坡離開。

琴葉看得目瞪口呆，「就這樣放過我們嗎？」

玲奈公式化地解釋：「《道路交通法》第六十六條規定，禁止過勞或帶病駕駛。只要說是太累在休息，多半能通融。」

「噢，原來如此。」這對經常需要在車上進行監視的偵探是常識吧，琴葉由衷佩服。

玲奈默默拿出透明指甲油，不是塗在指甲上，而是塗在指紋上。吹乾後，再拿銼刀磨平。玲奈以前教過，表面塗層可維持半天，碰觸物品不會留下指紋。琴葉不止一次看玲奈這麼準備。

收起指甲油，玲奈問：「妳跟姊姊聯絡過嗎？」

若無其事的語氣，和突如其來的沉重問題相當衝突。雖然有些冒失，不過琴葉覺得，這或許是玲奈的體貼。戰戰兢兢的態度反倒令人受傷，玲奈察覺這種微妙的心理。

「誰知道。」琴葉淡淡回答，「可能發過ＬＩＮＥ的訊息吧，不過我不想讓她看到已讀標示，所以沒打開。」

「如果是iPhone，可先開啓飛航模式，就不會顯示已讀；安卓系統的手機也一樣，調成飛安模式就行。」

「謝謝，我等一下試試。」胸中一股憂鬱膨脹，琴葉從擋風玻璃內仰望灰濛濛的天空，低喃中透著空虛：「玲奈姊總會自然浮現解決辦法呢。」

「因爲不會有別人來幫忙。」

不安怯懦的情緒發酵，悲傷層層堆疊。琴葉深深感到，拯救孤獨的玲奈並不容易。不過，這個想法或許只是她自身的投射。琴葉凝視玲奈的側臉。玲奈應該沒堅強到能夠完全孤身一人。

像是察覺琴葉的掛念，玲奈輕聲安撫：「別擔心。絕不會再判斷錯誤，我不會讓琴葉再碰上那種遭遇。」

琴葉有些手足無措，但明白這是玲奈的體貼，於是微笑點頭。「我相信玲奈姊。」

一片沉默中，只有鑽地機間歇作響。滿地剝落的細條狀白樺樹皮，從外側蔓延到路邊，隨著地面的上下搖晃小幅震動，發出沙沙聲。

玲奈在爲咲良復仇，琴葉剛剛才得知。被稱爲「死神」的偵探，可能將眞面目暴露在光天化日下嗎？

玲奈的表情驟變，翻找手套箱，取出太陽眼鏡，放在儀表板上。「看著這個鏡片，絕對不要看後照鏡。」

琴葉依指示望向太陽眼鏡。剛剛玲奈像是隨手一丟，其實放置角度經過計算。鏡片反射出變形的鏡像，斜後方一輛白色小貨車緩緩駛過閘門，因塞車而停下。

玲奈小聲說：「堤暢男。」

「咦？」琴葉定睛細瞧，太陽眼鏡映出的影像不太清楚，無法辨別司機的長相。

「他應該是開Honda Odyssey吧？」

「非法偵探不會開著同一輛車跑來跑去。之前他的ETC卡片也抽出來放在住處，約莫是要來這一帶時，才會將卡片插進小貨車的車上機。」

在這種山林遍布的地區，開Honda Odyssey確實顯得突兀。琴葉暗想著，玲奈突然湊近，攬住她的肩，將兩人身體往下壓。

玲奈在她耳邊低語：「躲好，假裝車上沒人。」

雖然空間非常狹小，琴葉還是蜷縮到座位前的下方腳墊處，遮住頭部。玲奈上半身則橫躺在座位上。

片刻後，玲奈才爬起身，窺望窗外。「那傢伙也是偵探，開車跟蹤立刻會被發現。妳待在這裡。」

語畢，玲奈打開車門，小心移動到馬路上。

琴葉毫無頭緒，微微探出身體，偷看車子外的情形。

車龍緩慢前進。小貨車位在斜前方，車斗中沒放置任何物品。前行一小段後，尾燈亮起，車子又停下。

玲奈壓低姿勢前進，從小貨車斜後方的死角潛伏接近，以免身影出現在後照鏡。她拿出iPhone，似乎在操作什麼。

過一會兒，玲奈停下手，在原地靜候。她到底想做什麼？琴葉屏氣凝神等待。

數秒後，她便知道玲奈的意圖。配合鑽地機造成的震動，玲奈將iPhone丟進車斗。車斗發出「砰」一聲，上下晃動。看來很順利地掩蓋手機落下的撞擊聲，駕駛座的人影沒回頭。

下坡前方，朝比奈交流道的匝道號誌燈轉綠，車陣開始前進。在小貨車移動前，玲奈早一步撤退，彎身跑回來，打開車門坐上駕駛座。

後方駕駛紛紛投來好奇的目光，但小貨車沒察覺異狀，跟著前方車輛駛離，很快消失在視野中。

玲奈從手提包拿出平板電腦，琴葉湊過來。玲奈打開iCloud網頁，登入帳號，點擊「尋找我的iPhone」圖示。

地圖上出現標示位置的藍點。玲奈終於能放鬆，往後靠上椅背。

琴葉不禁微笑，「就算沒跟在後面，也很清楚他要去哪裡。」

然而，玲奈沒露出喜悅的神色。「還不能放心。他不會不去查看車斗，畢竟是偵探。」

不容許一點樂觀的態度，琴葉忍不住緊張起來。玲奈繫上安全帶，琴葉見狀照做。

希望今天的調查能不流一滴血，平安結束。只有一次也好，琴葉想和毫髮無傷的玲奈一起回家。當然，包括她自己在內。

根據玲奈所言，這輛Skyline Coupe是一九九九年的車款。須磨調查公司持有的全是便宜的中古車，車種多樣化，跟蹤時比較派得上用場。而且車子數量充足，方便多名偵探同時追蹤，就算坐起來不太舒適也只能忍耐。琴葉說服自己看開點。

開下朝比奈交流道後，車流恢復順暢，且對向車道的車輛稀疏。進入縣道23號線後，Skyline Coupe逐漸加速。道路中間畫著黃線，玲奈仍毫不遲疑地越線超車。琴葉始終全身緊繃，冒著冷汗。玲奈的視線忙碌地在前方、後照鏡，及琴葉手上的平板電腦之間移動。

接著，玲奈吩咐：「打電話給社長，請他通報汽車失竊。」

琴葉一頭霧水，「又要報失竊嗎？」

「快點，不在意外發生前通報就沒說服力。」

意外。琴葉不懂這個詞的意思，但顯然逼近眼前的事態非比尋常。她拿出智慧型手機，直撥社長辦公室的電話，請須磨協助通報Skyline Coupe失竊。以一般社會的標準來看，這種要求絕對不正常，不過須磨一口答應。

琴葉掛斷電話，不解地問：「可以用過就丟，是準備便宜老舊的車的理由之一嗎？」

「以前的車沒配備汽車防盜系統，經常失竊，警察接到通報會很乾脆地受理。」

眞是出乎意料的理論，琴葉暗想。不過在業界裡，應該是必須留意的重要事項吧。

平板電腦地圖上的藍點，移動到遠離縣道的山林間。窗外可望見北日本石油的加油站，與目標的距離大幅縮短。玲奈倏然轉進岔路，一片廣闊的田野在眼前展開。瓦片屋頂的老舊民宅零星散布，周遭景色樸素，杳無人煙。

琴葉察覺地圖上的變化，「目標不動了。」

玲奈的表情益發嚴峻，「大概是已抵達目的地。快到了，注意安全氣囊。」

雞皮疙瘩竄起。安全氣囊——琴葉實在很想發問，但根本沒有餘裕。玲奈在蜿蜒的田間小路上猛踩油門，彷彿在單行道上逆向行駛。

看見一幢格外嶄新的平房。彎過轉角，小貨車赫然出現在眼前，車頭朝前停放著。駕駛座上的男人剛要下車，神情驚愕，但這也只是轉瞬間的事。

即將撞上前，玲奈踩下煞車，減低速度。由於慣性作用，身體向前倒，安全帶束緊胸口，把琴葉拉回原位。接著，衝擊貫穿全身。覆滿視野的擋風玻璃出現蜘蛛網般的裂痕，車框變形。霎時，巨大的撞擊伴隨火花膨脹，直撲琴葉，完全遮蔽視線。

先是一陣遭到毆打般的痛楚，麻痺感隨之而來。琴葉的後腦杓撞到座椅，引發強烈的耳鳴。四周瀰漫著燒焦味，有種壓迫感。車內空間被擠壓得十分狹小。

精神上的衝擊導致認知變得遲鈍，難以掌握周遭狀況。待視野漸漸清晰，衝撞後的車內恢復寂靜。像白色氣球的東西慢慢萎縮，垂落膝上。那是打開的安全氣囊。

玲奈試圖撬開車門，但車體歪斜，不太順利。她抬高腳，卯足全力踢門。終於弄出一個出得去的縫隙，她隨即跳下車。

琴葉的鼻頭隱隱刺痛，比起受到撞擊，感覺更像燒傷的痛。她望著鏡子裡的臉，雖然泛紅，但並未發腫。放下一顆心的琴葉有點想哭，直到剛才她都很擔心要重返醫院。

副駕駛座的車門打不開，琴葉移動到駕駛座一側。玲奈剛剛說「不用擔心」，她眞的是在爲我著想嗎？不過，在撞擊前突然減速，就是要降低衝擊吧。雖然有些亂來，這大概是玲奈顧慮我的方式。

一下車微風便拂過全身，琴葉總算能舒一口氣。沒有好奇圍觀的民眾，附近毫無人影，周遭平房的窗戶也沒有窺看的面孔。

Skyline撞上小貨車的車頭，玲奈逆向行駛，就是要直接面對停好的小貨車吧。由於沒有凸出的車頭，小貨車的受損較嚴重，玻璃完全碎裂，散落一地。車體變形，前後長度被壓縮到一半以下。

駕駛夾在儀表板和座位之間，發出痛苦的呻吟。眉間遭劃傷，鮮血汩汩流出。看樣子，他沒辦法從變成廢鐵的小貨車爬出來。

忽略蒼白的臉色，駕駛的長相與玲奈手中的照片一模一樣。堤暢男，他就是接受檜池委託的不肖偵探。

聽說一週前玲奈剛因堤受傷，瘀青才要消退。對付力氣占優勢的敵人，必須先發制人。在這一點上，琴葉沒異議。

玲奈站在小貨車旁，從手提包拿出一本檔案，擺在堤的眼前。

那是「死神」撰寫的伊澤恭子行蹤調查報告書，玲奈問：「在檜池屋裡找到這份文件，知道是誰寫的嗎？」

堤痛苦地吐出一句：「叫救護車啊。」

玲奈扯著堤的頭髮撞方向盤。

堤哀號著，泫然欲泣地大喊：「我怎麼會知道！」

玲奈冷淡地從手提包拿出另一本檔案，「這是你替檜池做的報告書，要交給警方嗎？」

「妳根本沒辦法！報社和記者都是假的，電子信箱設定匯入的是妳的電腦吧？警察根本沒有任何證據。妳沒交出證據，就是因爲妳也會被拖下水，被發現入侵民宅就麻煩了。」

玲奈面色不改，按著堤流血的眉間，殘忍地往戳進傷口。堤尖聲慘叫。

「夠了！」堤淒厲怒吼：「我眞的不知道！委託人與其他偵探簽約，我怎麼會知道？幹嘛不去找那些喜歡跟蹤的委託人問？」

「像檜池和岡尾的男人沒那麼多吧。」

「不見得。妳看到家暴庇護所的新聞了嗎？失蹤的婦女裡，有我知道的名字。以前她丈夫曾委託我調查她的所在地。」

玲奈盯著堤的目光銳利，「關於那起案件，你知道些什麼？」

「跟失蹤案件無關，我只是接受跑了老婆的家暴丈夫委託。那個女的叫蘆原遙香，早上聽到新聞時我嚇一跳。丈夫叫升瀨淳史，他老婆用娘家舊姓，但他們還沒正式離婚。」

「你找到家暴庇護所的地點了嗎？」

「沒有，雖然接受升瀨的委託，但我只曉得蘆原遙香去找警察。升瀨同時也委託其他偵探。那傢伙似乎僱用許多地下偵探。」

玲奈拿出「死神」製作的調查報告書，「升瀨可能接觸這名偵探嗎？」

「只要是有本事的偵探，那個變態老公都會看上眼吧。」

「升瀨淳史的聯絡方式呢？」

「在那幢屋子裡。快幫我叫救護車！」

玲奈瞄一眼平房問：「這就是你現在的藏身處？」

「書房的桌上放著記事本。說眞的，這很適合用來治療厭食症，我的肚子餓了。拜託，快打一一九。」

玲奈從駕駛座拔出鑰匙串，拾起掉在附近的iPhone，頭也不回地走進平房。

「喂！」堤放聲怒吼，「妳聽到沒？惡劣的女人，叫妳幫我離開這裡啊！」

琴葉追上玲奈。她盡量遠離堤，繞一大圈走向玄關。

不過，堤還是注意到琴葉，凶狠地威脅：「小姑娘，妳是紗崎的後輩嗎？我記住妳的臉了，趕緊幫我叫救護車！」

琴葉不禁退縮，怯懦地不敢動彈。她停下腳步，隨即聽到玲奈冷靜呼喚著「琴葉」。

琴葉連忙跑到玲奈身邊。玲奈面向大門。

心中湧現不安，琴葉忍不住聲低聲開口：「搞不好有人埋伏。」

玲奈指著旁邊的電表，「圓盤沒轉動。堤只有白天會過來，外出時會關掉斷路器。裡面沒人。」

眞是觀察入微。琴葉暗自佩服，背後忽然傳來一陣呼喚。

一輛休旅車經過，似乎察覺異狀。一對老夫婦下車，朝小貨車跑來。

玲奈打開解鎖的大門，琴葉跟著溜進去。

這是一幢極爲平凡的住宅，玲奈穿著鞋子走進去，想必是打算從後門逃走。琴葉依樣畫葫蘆，屋內迴盪著腳步聲。

「堤可能會指控玲奈姊擅他。」琴葉有些擔憂。

玲奈沒回頭，僅僅舉起堤製作的調查報告書。「只要他害怕我把這份文件交給警方，他就會閉口不談。」

穿過餐廳和客廳後就是書房，看來以前這裡是堤的據點之一。四處堆滿雜物，但玲奈目標明確，直接拿起書桌上的記事本。

玲奈攤開記事本，琴葉靠近一起看。其中一頁寫著「升瀨淳史」，住址是「大田區蒲田本町六丁目二—四，蒲田集合公寓201室」，也有手機號碼。

玲奈立刻取出iPhone撥打電話，琴葉湊上去聽。然而，傳出的不是來電答鈴，而是機器女聲：您撥的電話是空號，請查明後再撥。

琴葉一臉困惑，「家暴庇護所的新聞曝光，他才換掉號碼嗎？」

玲奈點頭，「住址可能也換過，不快點就糟了。」

她拉開後門，走出房子，琴葉尾隨在後。

走在小路上，玲奈回頭望向平房另一側。從樹林間隙可窺見蠢動的人群，不知何時，大批民眾聚集到事故現場。

遠離嘈雜聲，玲奈持續前進。「走到縣道23號線上，就能坐公車。」

琴葉默默追著玲奈。緊張的情緒中摻雜些許複雜的感受，她有些消沉。

玲奈停下腳步，瞥身後一眼問：「又想辭職嗎？」

「不是的。」琴葉搖頭。

玲奈輕哼一聲，再度邁開腳步。

細雨滴落在臉上，琴葉仰望天空。暗雲密布的天空壓頂，沉重地彷彿伸出手便能觸及。山林間一片白霧迷濛。

13

兩人在鎌倉站下公車，搭橫須賀線電車前往橫濱站，再換乘京濱東北線，目的地是蒲田。

玲奈和琴葉相互倚靠，站在車門附近。薄陽透過車窗灑落在琴葉臉上，浮現泛白的輪廓。琴葉板著臉，努力隱藏不安，眼神卻不斷飄移。

琴葉其實害怕得不得了吧，玲奈暗想。她的身影和咲良重疊，那堅強的姿態，讓人愈來愈不忍傷害她。琴葉不應該待在偵探業，或許一把推開才是爲她好。但玲奈也不是想離開她，希望能盡量和她作伴，內心的掙扎如波浪輕湧又退去。

琴葉心不在焉地望向玲奈，玲奈別開視線。

電車抵達蒲田站。出站時，雨已停歇，灰沉沉的天空有些陰森。玲奈拿出iPhone，以Google地圖搜尋地址，顯示出位置。那是家暴丈夫升瀨淳史的住處。舊機種沒有自動規畫路徑的功能，只得對照著地圖走向目的地。

整排相連的民房均已屆使用年限，老舊腐朽的公寓旁堆放大型垃圾。長時間風吹雨淋下，木製書架腐朽不堪。有些地區像是無法地帶，不動產廣告貼滿街道。一個男人靠在電線杆上，拿著手機滔滔不絕說著中國話。

終於到達Google地圖標示的地點，玲奈停下腳步。雙層木造公寓前，停著警用巡邏車。

琴葉小聲說：「警察來了。」

看過今早的新聞後，這便不是意外的情況。警視廳現正針對家暴受害婦女失蹤案進行搜查，自然會找上失蹤婦女的丈夫或男友，詢問相關事項。

兩本調查報告書都在手提包裡，玲奈不願交給警察。豐橋署歷經四年的搜查，「死神」的眞面目依然成謎，只能靠自己查明。

玲奈走向公寓玄關。忽然間，後方的樓梯響起多人下樓的腳步聲。

來不及躲到隱蔽處，玲奈和那群男人正面對上。其中包括制服員警和便衣警察，穿西裝的想必也是搜查員。前頭面貌精悍的青年在和巡警交談，表示根據房東的話，升瀨炫耀戶頭裡有三百萬圓，卻遲遲不繳房租。玲奈看過那張臉。

玲奈和琴葉在玄關站定，那男人注意到她們，神情嚴肅地停步。其他警官跟著停下。

他們初次見面的地方，是一棟熊熊燃燒的危險物品保管大樓。玲奈調查過他的身分。他今年二十九歲，是警視廳搜查一課的窪塚悠馬警部補。

窪塚的眼神和記憶中一樣誠懇。他慢慢走近，盯著玲奈。

沉默半晌，窪塚沉穩開口：「警察管刑事，偵探管民事，各有各的專精，關係也非對立。我甚至想過，要是丟掉飯碗就去當偵探，畢竟已習慣埋伏和跟蹤。」

「沒有警察手冊可是會很辛苦的。」玲奈低聲應道。

「不要這麼尖銳。跟推理小說描述的不同，警官不會帶著鄙視的眼光，把偵探全當成來搗亂搜查的。」

「警方就是過度美化偵探，才會讓阿比留佳則得意一時嗎？」

「嗯。盲目相信愛說空話的詐欺犯，導致警方高層暫時遭他操縱，我不否認這一點。」

「那麼，往後不是該對偵探多些警戒？」

「確實如此。與其說對偵探，應該說對紗崎玲奈這號人物。警方沒提告傷害，妳不覺得意外嗎？」

「不覺得，掩蓋醜聞是警察官僚體系的拿手好戲。」

「今後可不一定。」

窪塚轉向琴葉。玲奈內心一陣不快，不希望他接觸琴葉。同時，玲奈也不想浪費時間在口舌之爭上，於是問：「升瀨淳史在屋裡嗎？」

「不在。妳到處打聽一下就會知道，那些家暴加害者全行蹤不明。」窪塚突然想到般冒出一句：「妳和年長者說話都不用敬語嗎？」

玲奈笑也不笑，裝傻到底：「我不曉得你年紀比較大。」

「爲何關心升瀨的事？」

「他委託偵探調查妻子的行蹤。」

「委託你們公司嗎？」

「不是。」

「這樣啊。」窪塚淡然地點頭，「聽說妳隸屬反偵探課，要是發現惡質偵探業者，追上去是妳的工作。沒受到委託就行動，倒是偏離偵探業的定義。」

「業界有業界的規範，你不能否定業內的自我整肅吧？」

「原來如此，用的是這個理由啊。」窪塚再度看向琴葉，「妳是峰森琴葉小姐吧？我看過妳的照片。日銀總裁孫女遭到綁架的同一時期，妳遭到隨機殺人犯襲擊，受了重傷。現在完全康復了嗎？」

琴葉表情僵硬，「啊，是的。」

「同時發生多起重大案件，這是巧合嗎？」窪塚目光回到玲奈身上，「我依稀記得，曾目睹妳拿鐵棍毆打一個女人，妳還監禁我。」

「不如報案吧？」

「一般情況下，當時應該會隔著門大吼大叫。我沒那麼做，並不是相信妳。看到遭囚禁的女童，我想到親生女兒。雖然比她大一、兩歲，但不久前也還是那麼小，我不想讓她感到害怕。」

「碰上有女兒的父親眞是萬幸。」玲奈冷淡應道。

又是一陣沉默。風捲起枯葉，在腳邊飛舞，沙沙作響。

最後，窪塚注視著玲奈，靜靜地說：「我調查過妳的事，覺得令妹十分可憐。但這不是與偵探業者爲敵，視法律爲無物的藉口。」

「我沒違反法律。」

「妳不記得了嗎？」

「硬要說的話，只有一次。」

「哪一次？」

「騎腳踏車穿越斑馬線。」

窪塚神色一凜，盯著玲奈，低聲告誡：「不要埋伏在這裡等升瀨回來，會妨礙搜查。」

玲奈也沒有這樣的打算。她眼角餘光早瞄到，集合信箱區的201號信箱塞滿廣告傳單，升瀨顯然很久沒回來，埋伏毫無益處。

玲奈保持沉默。輪流望著玲奈和琴葉，窪塚嘆一口氣，轉身離去。其他搜查員露出威嚇的眼神。

不過，他們沒有更深的敵意，坐上警車，隨即駛離。

見無聲閃爍的紅色燈光愈來愈小，直到消失在巷子彼端，琴葉才小聲嘟囔：「撤得挺乾脆。」

玲奈有同感。她走上公寓樓梯，剛到二樓走廊便停住腳步。最前頭的一戶，一名制服警官倚在門口。

玲奈轉身下樓，回到大門玄關，悄聲告訴琴葉：「巡警守著，無法潛入。」

琴葉板著臉回望，「就算巡警不在，也不能擅自潛入吧。」

那就從信箱尋找線索，玲奈暗忖。她交代琴葉：「幫我把風。」

信箱的旋轉式密碼鎖，一般的設計都是將特定號碼向右轉兩圈，再將另一個號碼向左轉一圈，便能打開。玲奈抓著旋鈕用力往外拉，向右慢慢轉兩圈。在拉著旋鈕的狀態下旋轉兩圈時，即使沒有每個號碼都經過基準點兩次，內部構造也會自行判定旋鈕已停在指定號碼上。接著再向左轉，一圈內就會碰到第二個指定號碼，成功開鎖。每轉一個號碼，玲奈就試著拉信箱門，最後終於打開，廣告傳單如雪崩般散落一地。

「居然能這樣打開！」琴葉驚呼。

值得在意的只有NTT Docomo公司寄來的信，上面註明「內有繳費通知單」。玲奈塞進手提包，跑出公寓。「快走！」

兩人遠離公寓，繞過數個轉角後，進入鮮有路人通行的小巷。玲奈環視周遭，除了前後左右，也確認沒人從二樓往下看。接著，她毫不遲疑地拆開信封。

看著玲奈的動作，琴葉憂鬱地說：「這是犯罪吧。」

「家暴才是犯罪。」玲奈回道。

從信封抽出繳款通知單，登記的名義是升瀨淳史，完整列出兩組電話號碼。其中一組是提寫在記事本上，已解約的號碼。

另一組號碼八成還在使用。升瀨很清楚，找偵探追蹤妻子是違法行爲，所以準備兩組號碼。

將號碼牢記在心後，玲奈將繳費通知單撕成碎片。

琴葉的神色益發陰鬱。「要是升瀨回來，發現繳費通知單被偷了，搞不好會報警。」

「放心，不會發生這種情況。」玲奈取出iPhone，撥打NTT Docomo營業所的電話。女職員接聽後，玲奈開口：「我弄丟繳費通知單，方便再寄一份給我嗎？」

客服人員詢問姓名，玲奈回答是升瀨淳史的妻子。新聞雖曾報導蘆原遙香的名字，但沒提到家暴丈夫是誰，所以客服不疑有他。告知住址和電話，等對方確認無誤後，便表示會重新寄送通知單。

玲奈掛斷電話。「重新發送的通知單，外表看起來和原本的完全相同，升瀨不會發現前一封信被偷。」

「玲奈姊眞熟練。」琴葉嘆道。

這當然不是值得誇耀的行徑。得知電話號碼後，接下來該做什麼便十分明確。

玲奈逐一打給各大銀行的客服中心，在每通電話中都自稱升瀨淳史的妻子，報上住址和電話後，宣稱遺失存摺與提款卡，所以不曉得分行名稱。

幾間銀行的回覆都是「系統中沒有您的姓名」，然而，東京東和銀行的客服給出不同回應。您是不是在蒲田東分行開戶呢？玲奈順著話語適當回覆：啊，應該沒錯，我打去問問。

「偵探的工作真是見不得人哪。」琴葉嘀咕。

「那是當然。」玲奈先按184，再撥打升瀨的手機號碼。

慵散的男聲接起電話：「喂？」

「您好，這裡是東京東和銀行蒲田東分行，敝姓大島。請問這是升瀨淳史先生的手機嗎？」玲奈開口道。

「什麼事？」

「真的非常抱歉，蒲田集合公寓的房東提出要求，由於您滯納房租，決定強制徵收您的存款。」

「咦，強制徵收？」升瀨拉高嗓音。

玲奈只是虛張聲勢，房東根本沒有那樣的權限。

一般情況下，反偵探課不會採取這個方法。因爲對手是偵探，輕易就會識破謊言。不過，升瀨是普通人，不熟悉偵探業的慣用技倆。

升瀨的反應如預料般慌張，「這麼突然，我很傷腦筋啊！」

剛剛窪塚向巡警提及，房東說升瀨炫耀擁有三百萬圓存款，卻一直拖欠房租。攢了錢卻不拿出來，其中肯定有蹊蹺。

玲奈繼續施加壓力，「之前就想跟您聯絡，進行說明，但您一直沒有回家。不曉得您有沒有異議？」

「有，我這邊也有苦衷。」

「那麼，我們立即寄送相關文件給您。只要在文件上簽名，就能保留戶頭。」

升瀨陷入沉默，似乎有所猶豫。然而，他很快低聲回覆：「請寄到斯特萊堤亞池袋飯店。」

那是車站前的商務飯店。「請問您住哪間房？」

「放在櫃檯就好。」

「瞭解，我們會立刻爲您發送。」

玲奈切斷通話。雖然不曉得房號，但升瀨八成是用本名登記住宿。如果不是住宿房客，櫃檯不會提供郵件代收服務。

在銀行存了三百萬卻不願付錢，而且在商務旅館住宿多日，應該是有什麼迫切的經濟需求。假設升瀨委託偵探調查，一切就說得通。警方已注意到他住的公寓，不能隨便回去，於是他住在外頭，備齊要給偵探的報酬。

升瀨曾委託堤暢男找出妻子的所在地。之後也僱用其他偵探，最終找到家暴庇護所的偵探，不一定是「死神」。即使如此，仍有追蹤的價值。

玲奈交代琴葉：「妳回去公司，向桐嶋轉達，關於家暴庇護所失蹤的十一人，請他鉅細靡遺地調查所有相關細節。」

琴葉回望，「玲奈姊呢？」

「從現在起會很危險，我打算獨自行動。」

遠方下起雨，宛如昆蟲拍翅的微弱噪音逐漸接近。半水半冰雹般，零零落落的大顆雨珠降下。肌膚感受到的寒氣，不知不覺讓全身變得僵冷。雨水很快濡濕琴葉的臉龐，她依然專注地凝視玲奈。

最後，琴葉輕聲開口：「請不要逞強，絕對要回來。」

夾帶著風的驟雨中，玲奈邁開腳步。略微下陷的柏油路面，不一會兒便積起水窪。無視腳邊飛濺的水花，玲奈加快速度。白茫茫的前方頻頻向她呼喚，她不奢求能踏上歸途。

14

琴葉懷著沉重的悲傷，回到汐留的須磨調查公司。

若不是厚重的雲層遮蔽天空，此時冬日暖陽早該遍照大地。可惜，天色陰暗，空氣冷冽。雨即將停歇，但澄澈的晴空依然遙遠。幾近晦暗的午後，始終給人黃昏將至的錯覺。

琴葉步出電梯，剛踏進辦公室，就聽到桐嶋的呼喚：「峰森，有訪客。」

來不及詢問，琴葉就看到坐在接待區沙發上的姊姊。一身套裝的彩音緩緩站起，長大衣掛在手上。雖然帶著微妙的假笑，仍能窺見一絲憔悴。她的雙眼泛紅，或許哭了一段時間。

然而，琴葉心中只剩冷漠。她小聲問：「來做什麼？」

彩音走近，輕輕回答：「我來看妳，也想道歉。」

琴葉十分介意一旁的偵探課。幾個人在位子上工作，儘管他們一點都不關心，但出於職業病，都養成一副順風耳。

琴葉拉著彩音到走廊，一路折回電梯前站定。琴葉轉頭對彩音說：「姊姊還要上班吧？專心工作，不必來這裡。」

姊姊的態度不像平常那樣帶刺，一臉歉意，眼神游移。「我今天向公司請假。原本想去上班，可是跟哲哉談到太晚，乾脆直接過來。」

姊姊罕見地露出消沉的神色，但琴葉難以釋懷。昨晚她判若兩人的冷漠，及影片中歇斯底里的尖叫聲，琴葉一刻也無法忘記。

靜默片刻，彩音訴起苦：「我和哲哉吵架，搞不好會離婚。」

琴葉嗤之以鼻，根本笑不出來。在這種情況下，姊姊仍只關心自己，絲毫沒爲她著想。琴葉內心最後的溫情破碎，只留下一片空虛。

「隨便妳。」

依琴葉對彩音的認識，冷淡的態度應該會激怒她。

然而，彩音一臉失落。「我只是想保護琴葉，可是哲哉說要再狠一點。妳也知道，哲哉的朋友都有些暴力。」

琴葉一陣反胃，「所以姊姊沒錯嗎？不管怎麼看，教唆哲哉和他朋友的都是姊姊吧。妳不是一直在旁邊搧風點火？」

琴葉沒在「哲哉」後面加上姊夫的稱謂，便脫口而出。她並不後悔。

彩音的辯解十分薄弱。「當時確實是盲從，我已深深反省。我打心底覺得對不起琴葉，可是，希望妳明白，讓事情變成那樣的不是我。」

「如果眞的打心底過意不去，不該向我道歉，而是玲奈姊吧。怎麼不對她這麼說？」

充血的眼眶逐漸濕潤，彩音注視著琴葉。「我也想向玲奈小姐賠罪，這是我造訪的原因之一。」

從小一同生活，琴葉非常瞭解姊姊的性格。彩音特別擅長放馬後炮，明明根本沒向玲奈道歉的意思。倒不如說，正因玲奈不在，她才敢來公司。琴葉不禁暗想，在我面前，姊姊打算裝模作樣到底吧。

影片中的暴力行爲已踰越法律的界線，一旦報警，彩音便難以在社會上立足。確保罪行不會曝光，把我帶回去，姊姊的目的僅僅如此。

昨晚鬱積的怒氣，是時候好好發洩了。「我很後悔，復原影片檔案時，應當備份到隨身碟。那些檔案，你們全燒進光碟藏起來了吧？否則不會從電腦裡刪除。光碟在哪裡？要是誠心反省，就該帶來。」

彩音似乎不知怎麼回答，閉著嘴不出聲，視線在空中游移。

琴葉一陣焦躁，情緒有些激動。姊姊一副想博取同情的模樣，但我更討厭幾乎要心生憐憫的自己。每次都流於情感思考，我想擺脫意志脆弱的自己。

琴葉丟出刻薄的話語。「到頭來，姊姊只是不希望我報警吧？把證據藏起來，隨便道歉就希望別人原諒嗎？要不要跟哲哉分手隨便妳，與我無關。姊姊是犯罪者，眞想斷絕關係，我不想再看到妳！」

逐漸失控的怒吼，幾乎與姊姊在影片中發出的尖叫重疊。琴葉甩去腦海中的猶疑，進一步提高音量：「妳回去吧，快回去！不要再出現在我面前，也不要聯絡我。儘管向爸媽告狀，我無所謂。我要回這家公司上班，並住在員工宿舍，不需要姊姊的照顧。而且我不缺錢，別想賣我人情。」

彩音垂下頭。琴葉知道姊姊在哭，卻視若無睹。她像要趕人似地按了電梯往下的按鈕。

沉默逐漸發酵，不滿一點一滴侵蝕內心，多麼想一吐為快。於是，琴葉忍不住大吼：「從小就是這樣，妳總是擅自拿我的衣服和包包去用，換成我跟妳借，妳卻擺出高高在上的姿態。愛耍小聰明，情況不利便全推給我，自顧自裝可憐。還老是不嗆幾句就不過癮，妳知道我忍了多久嗎？」

電梯門一開，彩音露出走投無路、束手無策的絕望表情，一張臉哭得脹紅。琴葉益發不耐，將彩音推進電梯。

「不要再假哭。」不管事實如何，琴葉早有決定。直到電梯關上門——不，就算電梯關上門，她仍大喊著：「妳知道玲奈姊受到多大的傷害嗎？姊姊最好嘗嘗一樣的痛苦！」

怒吼聲響徹整層樓，琴葉卻一點都不覺得舒暢。不知為何，眼前浮現住院期間的情景。在病房裡，姊姊送她一隻好大的黃金獵犬玩偶，她備受鼓舞，爸媽也溫柔地照顧她。回憶裡的和諧與幸福，當時確實存在。

那些都已過去，只能目送一切逐漸消融，現在就是告別的瞬間。視野模糊，水波閃動，眼淚滑落臉頰。踏入社會後，琴葉切實感受到自身的成長。這只是幻想，一回過神，便會返回童年時光吧。

琴葉轉過身，發現桐嶋佇立在走廊。

即使引發騷動，仍只有桐嶋前來關心。琴葉胸口的空虛掩沒孤獨感。畢竟和同事相處得不是特別融洽，這種時候湊熱鬧般聚集過來，她恐怕會心生反感。

琴葉擦去眼淚，準備回辦公室。她想起要轉告桐嶋的話，靜靜開口：「玲奈姊想請你幫忙，調查那十一個從家暴庇護所消失的人。」

桐嶋雙手插進口袋，淡淡應道：「唔，姓名都在報導中公開，至少能挖出工作地點和個人資料。」

桐嶋退到一邊，讓出通道。

琴葉經過時，他低聲說：「我和哥哥也老爲玩具吵架。」

應該微笑嗎？臉部肌肉不聽使喚，琴葉僵著表情，默默打開辦公室的門。

15

下午兩點過後，玲奈踏進斯特萊堤亞池袋飯店。狹小的大廳，散發一種將非住宿者排除在外的氣息，是商務飯店特有的格局。不過，LED照明及疑似大理石的牆壁，仍在視覺上營造出一定程度的高級感，看得出不是那種非常廉價的旅館。

走到櫃檯，服務員出來迎接。「請問要住宿嗎？」

「升瀨先生住在這裡嗎？」玲奈回道。

接待員的態度突然冷淡下來，反問：「您是他的同伴嗎？」

看來，升瀨住的是雙床房或雙人房，但同伴至今沒出現。明明連住好幾天，這樣的情況不太自然。

不過，升瀨在飯店過著怎樣的生活，玲奈心裡大致有底。她作勢要離開櫃檯，一邊問：「是幾號房呢？」

「412號房，我馬上通知他。」服務員的手伸向電話。

服務員似乎誤解她的行動，玲奈轉身回到櫃檯，制止道：「不用了，我不是他的同伴，只是朋友。不過，要是能住在他隔壁就太好了。」

服務員有些困惑，「請問您是一個人嗎？」

「我也有一名同伴。」

一般來說，單人房會設置在其他樓層，這樣與計畫不符。

另外，玲奈知道斯特萊堤亞飯店的牆壁很薄，會盡量分散安排住房，避免相鄰，希望減少房客抱怨噪音問題。平常不太可能客滿，玲奈推測連住多日的升瀨隔壁一定是空房。

服務員查詢電腦，「隔壁的413號房空著。」

「那就這間，麻煩你。」

玲奈在住宿登記表填入捏造的姓名和住址，取得兩張房卡，並且交代：

「請不要通知升瀨先生，我想給他一個驚喜。」

「瞭解。」服務員露出明顯的職業笑容，「請好好休息。」

飯店四樓的走廊，停放著一台清潔推車。各房門幾乎都半開，浴巾和腳踏墊丟在門外，負責清潔的女員工忙進忙出。

現在入住有點早，許多客房都還沒整理完畢。玲奈從電梯間快速穿越走廊，藏身在對側轉角，偷偷注意412號房的動靜。清潔人員馬上就要進去打掃。

清潔人員按下412號房的電鈴。門微微打開，還謹慎掛上門鏈。

「要打掃嗎？」傳來電話裡聽過的升瀨嗓音，「那我先去吃飯。」

門關上又敞開，升瀨頂著一頭亂髮和鬍碴，穿著休閒西裝外套搭牛仔褲，目測年齡將近四十歲。他來到走廊，步向電梯間。

清潔人員拿門擋將房門固定在半開狀態，從推車取出一疊全新的毛巾後走進去。

等待片刻，玲奈悄悄接近412號房，窺探裡頭的情況。清潔人員在浴室，一張雙人床映入眼簾。門旁設有插卡開關，插入房卡，就能接通電源。現在插著眞正的房卡，而非清潔人員用的白色素面塑膠卡。

升瀨一個人住雙人房，於是將其中一張房卡用來接通電源，沒帶出去。玲奈悄悄潛入，抽出房卡。電源會維持數秒，玲奈立刻取出一張自己的房卡替換。

這種插卡開關並未裝磁條感應器，無法辨別是不是眞正的房卡，只要厚度和形狀相同，都能順利接上電源。玲奈走出房門。既然拿到升瀨的房卡，就能隨時造訪。

玲奈進入隔壁的413號房。

412號房還需要一些時間才能打掃完畢，等待的空檔有些事想確認。玲奈拿出iPhone撥打桐嶋的手機。

桐嶋接聽時壓低音量：「紗崎嗎？我收到峰森轉達的要求了。新聞報導的十一名家暴受害婦女，公司名冊裡都有資料。」

「太好了。」玲奈應道。

凡是偵探事務所，必定和名冊業者有所往來。業者會提供各式各樣的名冊，即使

《個人資料保護法》愈來愈嚴格，這一行依舊不會消失。由於物以稀為貴，甚至比往昔活躍。

「失蹤婦女的丈夫和交往對象幾乎全都查出。已婚者以娘家姓氏記錄，畢竟她們遭受家暴迫害，這一點挺合理。可能跟報導中的名單順序不同，我還是直接念出來。市村凜的丈夫是沼園賢治、倉澤千春的交往對象是蒼枝征雄、蘆原遙香的丈夫是升瀨淳史、尾下朱里的……」

「用電子郵件寄給我。更重要的是，有沒有查出家暴加害者的動向？」

「知道工作場所的人，我都打電話確認過。所有人都沒去上班，大概是擔心警方來問話，乾脆先逃跑。有些是向公司申請帶薪休假，並留言交代人在池袋。」

玲奈嗅出些許不對勁，「池袋？」

「而且不僅一人。有個在中野打工的男人告訴同事，他會待在池袋，有事可馬上聯絡到他。」

升瀨也住在池袋。十一名婦女從家暴庇護所逃走，她們的丈夫或交往對象中，有幾人藏身在池袋，理由是什麼？

單看四樓，連續住宿的房客應該只有升瀨。他可能是選擇住在這裡，家暴男的聚會場所則在別處。難不成是在池袋？

「加害者之間認識嗎？」玲奈問。

「不，無論是出身、職業、年齡、居住地都不相同，找不到其他交集。不過，既然聚在池袋，或許已成爲朋友。說不定是家暴愛好者的網聚。」

若純粹是聚會，沒必要特意避人耳目。玲奈推測道：

「升瀨寧願拖欠房租，也要存下三百萬圓，應該是爲某種交易準備的。」

「我只能幫到這裡，畢竟不是正式的委託，公司不會核可經費開銷。」

雖然有些不是滋味，但桐嶋的話不無道理。玲奈輕聲說：「謝謝你的幫忙。」

通話結束。玲奈打開房門，確認走廊的狀況。附近的房門全關上，毛巾和腳踏墊全部收走，也不見清潔推車的影子。看來，清潔人員已離開。

玲奈走近412號房，按下電鈴後在原地等待，沒人應門。

升瀨去吃飯，過一段時間才會回來。玲奈拿出房卡，順利進入。

房內已打掃乾淨，床單鋪平，並適度整理升瀨的私人物品。他的運動包靠牆放著，桌上有一支智慧型手機。

然而，玲奈一點也不覺得幸運。升瀨發現忘記帶手機，可能會提早回來，必須加緊完成該做的事。

玲奈拿起升瀨的手機。如同繳費通知單所示，這支三星Galaxy手機用的是NTT Docomo公司的電信服務。偵探的手機當然會上鎖，但升瀨是普通人，沒這種警覺性，於是玲奈輕鬆叫出主選單畫面。

首先確認郵件。最新一封約二十分鐘前收到，還未讀取，主旨空白。之前的郵件全打開過。最近三天內，每晚都收到同一地址寄來的郵件。仔細一看，是應召站的預約確認信。

可以想見，如果入住的是單人房，應召女郎會被櫃檯趕回去，所以升瀨選擇雙人房。不難理解服務員的態度爲何那麼冷淡，想必好幾名應召女郎造訪過412號房。

關鍵在於未讀的最新郵件。從郵件地址的網域判斷，是由臨時電子信箱寄出。這種信箱僅有十五分鐘效用，已無法回信。

玲奈打開閱讀，內容十分簡潔。

升瀨淳史先生

讓您久等，今天傍晚會再聯絡。　　野放圖

聯絡方式或其他資訊一概全無。從這封信可推測，升瀨似乎在池袋空等好幾天。

「野放圖」是什麼人？是家暴加害者之一嗎？或者，是「野放圖」依序找他們過來？

玲奈讓手機停留在信件畫面，拔掉電池再裝回去。液晶螢幕又跳回郵件一覽表，最新一封完美恢復未讀狀態。NTT Docomo搭配的手機通用這個密技，如此一來，便能消除偷看郵件的痕跡。

接著，玲奈確認瀏覽器的書籤。升瀨似乎習慣使用雅虎搜尋引擎，沒申請Google帳號。她立即申請一個新帳號並預先登入，開啓GPS功能後，打開地圖。定位服務和位置回報功能也一併啓用。

然後，玲奈替藍牙手表和升瀨的手機進行同步配對。特地帶上藍牙手表，就是希望有機會取得目標對象的手機時，能迅速應對。

她嘗試下載可將手機轉爲竊聽器的非法應用程式，但太花時間，只好放棄。

此時，門外傳來聲響。

玲奈立刻將手機放回桌上，藏身在床邊的陰影處。門隨後打開，有人走進來。既然是用房卡解鎖，肯定是升瀨。

腳步聲接近桌子，響起物品摩擦聲，升瀨似乎拿起手機。腳步聲移向門口，就要關上門。玲奈稍稍挺起上半身，從床後窺探。升瀨踏出房門時，正單手操作著手機，應該不久就會注意到新郵件。

房門終於關上。玲奈鬆一口氣，起身打開運動包。

裡面塞滿換洗衣物，還有幾本特種行業情報雜誌，想必是爲了找應召女郎收集的資訊。拿開這些東西後，卻是怵目驚心的景象。

雜誌的下方，出現玲奈看過許多次的封面。那是一本印著「調查報告書」的檔案，觸感也一致，絕對是「死神」製作的。

取出檔案翻開，依舊是那獨具特色的版面，最後一行標記的時間，距今超過兩週。

玲奈瀏覽最後一頁。

調查對象／蘆原遙香，二十五歲，大友商會股份有限公司營業課職員。

委託調查事項／確認並追蹤調查對象的行動。

十一月四日／天氣晴　調查時間／上午七點到下午九點

上午七點四分　透過窗户確認調查對象在蒲田警署三樓，看似在警署過夜。調查對象是第四次造訪警署，過去三次是到生活安全課諮詢家暴相關事宜。

上午八點十六分　搭乘警署的車（豐田Estima，白色，車牌號碼參照附件）。駕駛與同車乘客爲三名便衣警官，其中包含女性。調查對象的服裝與前一日不同（灰色長大衣），應是自行攜帶的替換衣物。

上午八點三十四分　從都道138號線經目白路，進入關越車道。

上午九點四十一分　在休息站休息十二分鐘。調查對象下車，由女性便衣警官陪同行動。

上午十點二十分　進入首都圈中央聯絡車道（高尾山～桶川北本）。

上午十一點七分　下青梅交流道，開往瀧之上町的國道411號線方向。

上午十一點四十九分　抵達五日市警署。與另二名便衣警官會合，調查對象進入警署。

下午一點三十六分　搭乘便衣警車（豐田MARK X，銀色，車牌號碼參照附件）前往西多摩某處，開入山中某設施。該用地除相關人士外禁止進入，確認爲家暴庇護所（所在位置等情報需另外收費）。

玲奈失魂落魄，陷入恍惚。

調查報告書還很新，表示「死神」仍是偵探，繼續從事違反道德的調查行動，爲家暴丈夫提供妻子的行蹤。

假如記述內容無誤，「死神」等於找到家暴庇護所，完成監視警署、跟蹤便衣警官駕駛的車輛等高難度工作。警方沒察覺遭到跟蹤，可見「死神」是十分能幹的偵探。

聯絡升瀨的「野放圖」，和這份調查報告書有關嗎？莫非「野放圖」就是「死神」？目前無法推斷，要讓眞相浮出檯面，情報還不夠充足。

不能只顧震驚。玲奈把檔案收回運動包，換回房卡，完全消除入侵的痕跡。從門縫窺探外面，空無一人，她敏捷地溜出，奔進隔壁的413號房，顫抖著在飯店的便條紙寫下Google帳號和密碼。

雖然安全回房，玲奈的心跳仍緩不下來。她親身感受到「死神」的存在，奪去咲良性命的偵探，此刻正在某處呼吸著。

16

時間已過下午三點。

按理來說，搜查總部應當設在離家暴庇護所最近的五日市警署，但媒體記者會追著警車跑，要是設施地點曝光可不妙。家暴庇護所如常運作，超過五十名家暴受害婦女聚在一起生活。因此，調查現場的警員必須控制在最低人數。

爲了擾亂媒體記者的注意力，搜查總部設在青梅警署。新建的警署設施完備，提供搜查員過夜的四樓大通鋪也足夠安靜。

然而，對窪塚來說，這不過是一段憂鬱時日的開端。又有一陣子回不了宿舍，女兒只能交給老家的母親。

懷著低落的心情回到搜查總部，飯田係長隨即找他到同樓層的狹小接待室，當面提醒：「上午已告知其他搜查員，負責各家暴案件的轄區警署不同，訪查家暴加害者不是我們的工作。」

這話實在奇怪，窪塚無法接受。「您說的我明白，但大會議室的入口旁寫著『家暴庇護所集體失蹤案件特別搜查總部』，情報不統一，搜查很難有進展。」

「家暴庇護所一案，我們當然會參與搜查。只是，目前對於該如何說明這起案件，上面的人還沒達成共識。」

「這明顯是一起綁架案。」

「有證言指出，失蹤婦女是自行離開庇護所，坐上那些男人的車。」

「她們可能是被迫的。」

「方法呢？外人事前潛入庇護所的機率為零。入住者的手機必須交由設施保管，也不能收發郵件，根本沒機會遭受威脅。」

「只要詳細調查那些加害者，終究會眞相大白。」

「如果是一群人集體闖入設施硬帶走那些婦女，就毫無疑問是綁架案。但在案情尙未明朗的狀況下，將丈夫或交往對象列在嫌犯名單上，有輿論認為會侵犯人權。」

「雖說案情尙未明朗，但集體失蹤是異常事態，何況家暴屬於傷害案件。考慮到被害者的處境，懷疑加害者是理所當然。」

飯田頑固地重複主張：「現在就是還沒辦法定義案件的性質，所以要大幅調整搜查方針。高興點吧，可以回家了。」

窪塚絲毫不覺得高興。在難以釋懷的狀態下，他無法放棄工作。

話說回來，窪塚早隱約料到係長會下達這樣的指示。

約莫一年前，一名警視監的妻子控訴她遭受家暴。搜查一課祕密負責此案，窪塚也知道內情。然而，警視廳的職員多半沒注意到這件事，對於媒體更是徹底封鎖消息。

身爲被害者的妻子究竟拿到什麼好處，窪塚不清楚。只曉得爲了達成和解，警視廳上層用盡各種手段。

搜查過程中，窪塚見過警視監的妻子一次。單側眼皮因內出血泛黑，形成大片瘀腫，分明就是傷害案件。

那時窪塚突然接到搜查中止的命令。警視監夫婦之間的紛爭，和家暴庇護所的案件毫無關聯，但都透露出警方不想驚動高層的意圖。

窪塚對飯田說：「如果媒體得知警視廳將家暴視爲禁忌，恐怕會大吃一驚。」

飯田面無表情地盯著他，「窪塚，你在轄區擔任幾年巡查部長？」

「三年。」

「挑戰幾次考試才升上警部補（註）？」

「兩次。」

說。」

「挺優秀的。那麼，你對組織的運作總有一定程度的理解吧，不經大腦的話少

窪塚無力地閉上嘴。

警察組織和民間企業並無差別，想要一路順遂，便得討好上司。派系中存在階級關係，人人上演著互扯後腿的醜陋戲碼。僅有一部分擅於此道的人，才能建立起地位。係長的處世之道，大概就是盡力防止部下失控。不單如此，還要巧妙奪取部下的功績，轉爲自身的功勞。

飯田狀似閒聊地繼續道：

「這是我無意間聽說的，你女兒的教學觀摩日快到了吧？」

想必是栗賀透露的吧。在這種地方，連隨口聊起家人都不行。窪塚微微點頭：「是的。」

「恢復自由之身不是挺好？父親能夠出席，孩子也會很開心。」

「我先告退了。」窪塚走向門口。

事到如今，他哪有臉出席全是母親參加的教學觀摩日。飯田約莫是想扮演關懷部下的萬事通，卻早流露出人格上的不可信任。

儘管滿心輕蔑，窪塚明白自己和飯田一樣，不過是組織的一個齒輪。在只會空轉的缺陷品中，小小零件的意志根本不會被放在眼裡吧。雖然早察覺處境的兩難，他仍只能繼續度過每一天。

17

根據「野放圖」寄給升瀨的電子郵件，下次聯絡會是在傍晚。現在是下午三點多，玲奈判斷勉強來得及採取行動，緩衝時間不到二十分鐘。

既然沒能在那男人的手機上安裝竊聽程式，便需要其他竊聽方式。不知祕密聚會場所在哪裡，隔牆竊聽器比較可能派得上用場。

以市售品來說，十萬圓以下的商品都不可靠。池袋應該買得到，但玲奈不想離飯店太遠。

斜對面有一家五金行，玲奈急忙進去選購。然而，這裡和秋葉原的電器用品店有天

註：日本警察制度的階級，由下而上依序為巡查、巡查長、巡查部長、警部補、警部、警視、警視正、警視長、警視監、警視總監。

壞之別，別提隔牆竊聽器，連類似竊聽器的商品都沒有。

如此一來，只好尋找替代品。首先是用來取代助聽器的便宜集音器，這是一種可握在手裡的小型器材。接著是蜂鳴器、螺絲起子、扳手、封箱膠帶、瞬間接著劑、短釘子。其他還有防止家具翻倒、吸收衝擊用的止滑墊。以上花費可在三千圓內解決。

玲奈返回飯店，搭電梯到四樓。412號房門外亮著「請勿打擾」的燈，可見升瀨已回房。

玲奈進入隔壁的413號房，迅速著手準備。先分解蜂鳴器，拔出迷你壓電擴音器。再取出集音器的電路板，將連接在上頭的麥克風和壓電擴音器交換。麥克風和擴音器的運作方式實際上是相同的，可互相替代。剪斷兩條接腳線並互換後，壓電擴音器就搖身變成壓電式麥克風。她把電路板固定在集音器外側，釘頭用接著劑黏在中心，完成有一根尖釘凸出在外的小盒子。看起來形狀頗爲奇怪。

讓釘子接觸牆壁，受到的震動會傳到壓電式麥克風，轉爲電信號，達到隔牆監聽器的效果。

玲奈在與412號房相鄰的牆壁前坐下，握拳輕敲，選中一個實心的位置。她以凸出集音器的釘子尖端接觸牆面，在集音器與牆面之間塞入止滑墊，接著拿膠帶從外側將盒子固定在牆上，使集音器維持與牆壁相貼的狀態。最後，她將接好的耳機塞進單側耳朵。

可清楚聽見電視節目的聲音，不時混雜幾聲咳嗽。升瀨果然在房裡。

一段時間過去，沒發生任何變化。玲奈靠在牆邊伸展雙腳，取出小瓶的透明指甲油。指紋的表面塗層還沒消失，不過保險起見，還是再塗一層。等待著指尖乾燥，玲奈持續集中精神監聽。

忽然響起震動聲，但不是來自隔壁房間。玲奈身旁的藍牙手表，發出微弱的震動音。

這原本是爲智慧型手機使用者設計的，佩戴在手腕上，能接收五公尺以內的配對手機資訊。升瀨手機發出的電波，正穿牆過來。玲奈望著手表的液晶螢幕。

收到一封臨時電子信箱寄出的郵件，沒有主旨。她的注意力集中在耳機，傳來拿起小東西的聲響。升瀨在操作手機，他也注意到新郵件。

手表螢幕同時顯示郵件內容。

升瀨淳史先生

請在十分鐘內過來，務必嚴守時間。　　野放圖

玲奈的耳機裡，電視節目的聲音消失，接著是一陣匆忙的聲響，伴隨走動的腳步聲。房門打開又關上，留下一片死寂。

待升瀨離開房門，玲奈打開平板電腦上的Google地圖，登入帳號密碼，檢視定位紀錄。

將游標移動到時間軸，便會在地圖上顯示紅色的移動路線。看起來，升瀨是徒步離開飯店，朝車站的反方向移動。既然是十分鐘內可到達的場所，應該就在附近。

玲奈拆下牆上的集音器，和平板電腦一起放入手提包，留下駕照和手機，隨即踏出房門，匆匆走向電梯。

玲奈的神經緊繃，既興奮又緊張。她告誡自己，不要忘記保持冷靜。

無論等待著她的是什麼，偵探該做的只有一件事，就是掌握最確切的眞相。現實裡的偵探，不會把推理當作結論。

18

池袋雖然被視爲都會的一部分，但在離車站不遠處，已是一大片住宅區。這裡有許多老舊的住家，也有從外觀看不出營業項目的小型公司和工廠。深入住宅區內部的街道，時常連一個人影都見不著。

在路燈的微光下，玲奈小跑步穿過空蕩蕩的巷弄。

她對照手上平板電腦的地圖和實際街道，與跟蹤目標保持一百公尺的距離，以免對方起疑。升瀨進入某棟建築物，勉強趕上「十分鐘內」的時限。

建築物周邊可能有人看守，玲奈放慢腳步，迂迴拐過多個轉角。特意繞遠路，反倒較能把握情況。忽然間，一個制服警官騎著腳踏車接近，不過沒瞧玲奈一眼就遠去，並未特別警戒。看來，這一帶沒什麼可疑人物。

終於看到升瀨所在的建築物。鐵皮外牆顏色深沉，毛玻璃窗裡光影搖曳。

玲奈走過去，建築物的入口寬敞，面向一條特別寬闊的路。玲奈貼著外牆窺探，裡面是車庫，停著三輛車。其中兩輛是銀色箱形車，不同於出現在家暴庇護所的黑車。還有一輛是大型的日產President轎車。

後面有一個像倉庫或工作室的房間，和車庫以水泥牆分隔，設有一扇金屬框玻璃小門。透過玻璃看得見數道人影，天花板垂下一顆燈泡，男人聚在一起熱烈交談，但玲奈聽不到他們的話聲。

在行動前，必須爲突發情況做好準備。玲奈取出飯店房卡，輕輕插進鐵皮外牆與路面的直角縫隙。附近沒有路燈，房卡完全隱沒在黑暗中，不用擔心會被發現。平板電腦的瀏覽紀錄全部刪除，當然也不會留下Google帳號等資訊。

玲奈潛入車庫，藉著汽車旁的陰影掩護，慢慢接近水泥牆。距離拉得非常近，直接從玻璃門偷窺太危險，必須盡量低調。雖然看不到那些男人的臉，現階段也只能如此。

來到牆邊，玲奈坐下，從手提包小心取出改造過的集音器，將釘子尖端與牆面接觸，並用止滑墊和封箱膠帶固定。然後，她接上耳機，配戴完畢。

聲音很清晰，但太多人同時發言，沒辦法分辨談話內容，倒是聽得出升瀨的聲音混雜其中。

每個人都很生疏，經常語帶保留，可能是初次見面。儘管如此，談話依舊熱絡，顯然對目前的情況抱持許多疑問，上揚的語尾足以佐證。

一道女聲突兀地切入：「唔……各位先生。」

玲奈不禁屏住氣息。這不是年長者的嗓音，約莫只有二十幾歲。剛剛透過玻璃門沒看到女人，對方應該一開始就在屋裡，只是不在玲奈的可見範圍內。

女人的聲音既不強勢也不帶威脅，只是公事公辦地說：「感謝各位今天聚集在此，我是『野放圖』的眞理子。」

喧鬧聲逐漸平息，一個男人發出疑問：「妳就是『野放圖』？」

名叫眞理子的女人回答：「『野放圖』是一個團體，不是單一個人的名字。我負責收費，等相關手續處理完畢，就會帶各位前往其他主要成員的所在地。」

「什麼時候才能見到我老婆？」又一個男人喊道。

「費用收齊立刻出發，夜間的車程約莫三小時。另外，請不要擅自行動，務必遵守我們的指示。」

「不能回旅館嗎？害我損失一天住宿費。」升瀨出聲抱怨。

眞理子沒表現出一絲歉意，「家暴庇護所集體失蹤案鬧上新聞後，我們知道各位每天都生活得戰戰兢兢，才希望各位盡早移動到池袋附近。」

另一個男人不快地低語：「你們的事我很清楚。我有個暴走族時代的朋友，說『野放圖』是以豐島區為據點的灰道集團，成員最多不過二十人。昨天晚上，他們也有幾個人到我住宿的地方打探。叫我們早點到池袋，就是為了監視我們，確認我們有沒有帶錢吧？」

眾人一陣譁然，怨聲連連。真的假的，我都沒發現。難不成也來過我住的地方？這樣偷偷勘查感覺真不舒服。

然而，真理子一點都不退縮。「我們得確認各位是否獨自一人。如您所說，我們必須注意有沒有人向警方通風報信，以免造成其他人的困擾。」

「坦白講，我非常擔心。要我們聚集到這種地方，不會引來警察嗎？」某個男人尖聲質疑。

「住在庇護所的家暴受害婦女，全是自願逃走。只要不構成綁架，警方不會放過多心力在各位身上。」真理子回答。

「可是，所有人同時聚集在一起真的好嗎？我以為是一對一見面的簡單交易，一手交錢一手交人。」

「我們在網路上的祕密留言板，看到各位在尋找行蹤不明的妻子或女友，主動向各位聯絡。聚集在此地的各位，妻子或女友都入住家暴庇護所，所以我們當成特殊專案處理。先前告知過，若希望帶回另一半，需要額外收費。爲了防止有人出賣大家，才希望各位記住彼此的長相。我以爲各位早就理解這樣的安排。」

「我當然能接受。今天下午，我已從銀行領出三百萬。聽說存款可能遭強制徵收，我連忙去領錢。」升瀨有些焦急地強調。

「其他人呢？」眞理子詢問。

翻找包包、打開信封的聲響紛紛傳來，各種雜音混在一起。玲奈拭去額上的汗水，外頭是寒流逼近的季節，車庫裡卻異常悶熱。

好像開始收錢了，聽得到俐落的數鈔聲，肯定是眞理子下達指令。除了十一名家暴加害者外，現場只有眞理子是「野放圖」派來的嗎？

剛剛那個有些膽怯的男人開口，似乎已恢復冷靜。「我看到新聞報導，眞是不得了，到底怎麼讓她們自願逃出家暴庇護所的？」

其他男人紛紛插話。「我也想問。這份調查報告書實在不簡單，調查得這麼詳盡。」

眞理子語氣平淡：「行蹤調查是外包，委託某個偵探進行。『野放圖』只負責帶回各位的妻子和女友。」

玲奈的心彷彿揪成一團，難以呼吸。

那些加害者並未直接與「死神」聯繫，只是在網路上自怨自艾。然後，名為「野放圖」的灰道集團試圖接觸他們，並代替他們尋回妻子和女友。這似乎就是一切的前因後果。若眞理子沒說謊，「死神」不過是接受「野放圖」的委託罷了。

話雖如此，仍有一點顯而易見。「野放圖」內部，至少有一人能和「死神」取得聯繫。

眞理子像是突然想到什麼，向升瀨發出疑問：「剛剛您是不是提到存款遭強制徵收？」

「是啊，今天接到銀行的電話，說我遲繳房租，要強制徵收我的存款。」

「房租……您住在公營住宅嗎？」

「不是。銀行職員在電話中告訴我，只要在文件上簽名就能保留存款，於是我請他們寄過來。反正現在錢全部領出，戶頭怎麼樣都沒差了。」

「那份文件會送到哪裡？」

「我住的飯店。」

眞理子似乎起了疑心，現場一片沉默。玲奈的心跳加遽。

灰道集團的財源主要來自匯款詐騙，想必十分熟悉銀行的作業程序。

玲奈的耳機傳來目前尚未聽過的聲響，是類比式無線電波發出的短促聲。

眞理子以對講機聯絡守在外面的人：「可以幫我檢查一下車庫嗎？」

糟糕，玲奈連忙站起。沒時間慢慢撤退，明知會發出腳步聲，她還是拔腿狂奔。

背後傳來驚呼，引起一陣騷動。玲奈感到無數視線穿透玻璃門，猶如芒刺在背。

玲奈從車庫門口衝進小巷，一根棒子水平揮來，直接擊中腹部。那是木棒。伴隨著劇烈的疼痛，湧起一股嘔吐的衝動。胃裡的東西逆流，酸味在口中蔓延。玲奈不禁跪倒，彷彿快窒息。她拚命喘息，眼中泛淚。可是，她不想哭，不想讓人看見自己的脆弱。

然而，苦痛尚未結束。玲奈一蹲下，木棒便再次揮來。上臂遭到毆打，玲奈橫臥在地，呼吸困難，滿心焦躁。痛覺超出飽和的極限，轉爲疲鈍的麻痺。她只能癱在馬路上，任手腳徒勞地揮舞掙扎。

站在一旁俯瞰玲奈的兩個男人，將名牌西裝穿得頗休閒，都是三十幾歲的瘦子。他們擁有灰道分子特有的溫和面貌，氣質與暴走族、洋派混混或各地的不良少年大不相同，感受得出曾接受良好的培育和教養。不過，這樣反倒更凸顯他們缺乏人味的詭異感。

一群人跑過來。原以爲是「野放圖」其他成員，但升瀨也在其中。任誰都能一眼看出他們本性惡劣，個個舉止粗暴，穿著邋遢缺乏統一感，從西裝到刺繡夾克，式樣林林總總。這十一個家暴加害者的長相，都如預料般乏善可陳。

沒看到女人的身影，眞理子應該留在屋裡。

灰道集團成員扛起木棒，嘀咕著：「簡直像躲在屋簷下的小動物。怎麼辦？要處理掉嗎？」

「這個嘛……」另一人滿不在乎地應道：「寵物店會把賣不出去的動物退回批發商，讓牠們在仲介那裡交配個夠再殺掉。這女人也比照辦理吧。」

19

人被打得再慘，都沒那麼容易失去意識。

玲奈準確掌握著周遭狀況。任人拖進車庫、塞進日產President轎車後座時，唯有知覺保持敏銳。她暗自決定，不管接下來會去哪裡，都要將路線詳細記在腦海。

不料，兩個男人一左一右上車，拿著不尋常的器具，包括小型加壓鋼瓶、橡膠軟管和氧氣面罩。鋼瓶上的標籤寫著「Enflurane」，是吸入性麻醉藥。玲奈扭動身體想抵抗，但蔓延側腹的劇痛導致動作遲緩。其中一人從背後架住她的雙臂，另一人將氧氣面罩壓在她嘴上。聽到氣體噴出的刺耳聲響，約莫是調節閥打開。沒聞到什麼味道，意識卻戛然而止。

恍惚中，玲奈的認知片斷而渙散。她逐漸意識到，自己正隨著車身搖晃，窗外仍是黑夜，路燈如流水飛逝。

之後又過一段時間，一陣撕裂般的劇痛竄遍全身，玲奈猛然醒來。兩個男人抱著她。觸目所及盡是夜空，她發現自己仰躺著。雙手綁在背後，無法改變姿勢。一片寂靜中，紛雜的腳步聲重重踏在碎石路上，震動著鼓膜。海濱的氣味鑽入鼻腔。

從周遭狀況的變化可以判斷，她再度短暫失去意識。這次喚醒她的，是嘈雜的聲音和炫目的亮光。

雙眼還無法對焦，玲奈試圖穩定晃動的視線，隱約看見天花板上旋轉的風扇。旁邊是一盞迪斯可鏡面球燈，或紅或綠的光在室內躍動，有種過時的迷幻風格。眼前一片白茫茫，不像麻醉產生的幻覺。試著嗅聞，應該是癮君子在吞雲吐霧。

身處的環境逐漸分明。這是都會邊陲地帶的廉價小酒館，褪色的壁紙斑駁剝落。店裡的空間還算寬敞，擁擠的人群中有男有女，似乎在開派對，形容爲群魔亂舞或許更貼切。那些女人的打扮彷彿生錯時代，一致展現異常招搖的時尚，怎麼看都不像是入住家暴庇護所的人。一個戴著閃亮鼻環的女人，蹺腿坐在吧檯的高腳椅上，笑嘻嘻地俯視玲奈。人手一瓶啤酒或酒杯，所有的視線都來自上方，於是玲奈察覺自己躺在地上。

巨大的音量震動著地面，播放的是R＆B音樂。夜半時分，居然能容許這麼大的吵鬧聲，應該是遠離人群的地方。Enflurane的藥效退得快，玲奈恢復思考。可能是面向東京灣的某個碼頭區，裡頭有可包場的酒店。究竟在哪裡？她想進一步思考，大腦的運作卻十分遲鈍，彷彿又要陷入昏睡，血液中或許殘留著麻醉成分。

店裡的男女，外表都具有灰道分子特有的溫和面貌，幾乎全是三十歲上下，打扮富裕時髦，看來相當熟悉夜生活。他們將違法藥草混在香菸裡，空氣中瀰漫著強烈的氣味。男女大概各十人，這些傢伙就是「野放圖」嗎？

剛才拿木棒毆打玲奈的兩個男人，悠閒地坐在包廂區喝酒，目光瞥向玲奈時，便勾起嘴角。

哪一個是眞理子？玲奈想轉動上半身，但全身肌肉鬆弛，完全使不上力。

隨著意識清醒，認知能力逐漸增強，視野益發清晰。店內角落聚集一群與灰道分子迥然不同的人，是那十一個家暴加害者。在灰道分子面前，他們像貓一般乖順，唯有借助酒精的力量，才能勉強虛張聲勢，看樣子還沒見到妻子或女友。他們的目光也投向這邊。不管是灰道分子或家暴男，都注視著玲奈。

玲奈嘆口氣，任臉頰貼在地上。只要身體動彈不得，就束手無策。

此時，她終於注意到自己處於全裸狀態。

恐懼猛然自心底湧出，玲奈仍一動也不能動。除了雙手綁在背後，應該有其他原因。明明意識清楚，四肢卻不聽使喚，可能是遭施打肌肉鬆弛劑。

入浴時才能看到自己的裸體，現下竟荒唐地展示在人潮擁擠的酒店地上。玲奈立即封閉所有情感，腦袋徹底放空。表現出羞恥感，只會滿足觀眾的好奇心。

實際上，一旦接受當下的狀況，便如同待在醫院或澡堂。身處灰道分子的巢穴，她最擔心十一名家暴受害婦女的安危，其次才是自己。至於有沒有穿衣服，不在優先順序的考量中。

玲奈始終一臉木然，隨著時間過去，周圍不懷好意的笑聲逐漸消退，剩音樂格格不入地吵鬧不休。

「這樣跟觀賞動物有什麼差別？淀野先生，不如開個攝影大會嘛。」戴鼻環的女人抱怨。

那不是眞理子，玲奈將她除去鼻環的容貌暗自記下。

「不行，妳想留下證據嗎？」一道冷靜的男聲駁斥。

人影慢慢走近，身上的西裝應該是量身訂製。在灰道分子中較爲年長，可能將近四十歲。頭髮留長，臉晒得有些黑，是特種行業經營者常見的類型。他的眼角下垂，明明長得不錯，卻一副不苟言笑的模樣。

這個叫淀野的男人，握著一把代替拐杖的雨傘，以尖端戳向玲奈的裸體。他用的力道讓玲奈的肌膚深深凹陷，觀眾紛紛發出譏笑。

然而，或許是完全感受不到疼痛，玲奈維持著無我的心境。果然是肌肉鬆弛劑在作怪。

玲奈甚至刻意挑釁，「能不能幫忙按按肩胛骨上方？那裡滿舒服的。」

整間店瞬間安靜下來。灰道分子沒人敢開口。但不久後，那群家暴男齊聲大笑。他們嘲笑的不是玲奈，而是淀野。

淀野板起臉離去，突然又轉身快步走向玲奈，朝玲奈的肚子狠狠踹一腳。

麻醉效力並未深及內臟，劇痛由骨髓直穿表層，玲奈蜷起身猛咳。

比起其他灰道分子，淀野雖是領袖，側臉卻較能窺見一絲人性。爲了在同伴面前保持冷靜，他不太看玲奈。只見他滿頭大汗，浸濕襯衫衣襟。

淀野餘怒未消，繞著玲奈打量。「妳是誰？」

眞是無聊的問題，玲奈想著。所以，「死神」不在這裡。連家暴庇護所都能找到的偵探，不會到現在還不曉得我是什麼人。

玲奈不發一語，躺在地上。於是，淀野又往她的腹部踢一腳。嘔吐感再次翻湧而上，噎著玲奈胸口。

淀野舉起雨傘用力往玲奈臀部打，不知是麻醉漸漸失效，抑或臀部的痛覺沒被阻斷，疼痛如電擊般遊走四肢百骸。玲奈不禁翻過身，周圍傳來眾人的訕笑。

淀野擦去額前汗水，一彈指，灰道同伴便丟來某種物品。淀野單手秀著給玲奈看。

那是改造過的集音器，膠帶和緩衝的止滑墊仍黏在上面。

「這是什麼？」淀野問，「想學人家竊聽？」

「那是跟『野放圖』關係很好的偵探給我的。」玲奈回答。

至少要擾亂對方，順利的話還能套出一點線索。玲奈冷靜觀察淀野的反應。

淀野不自然地僵著臉，以眼神詢問同伴。

穿豹紋針織衫的濃妝女人，吐著香菸煙霧應道：「之後我再問問。」

玲奈暗暗振奮。

那也不是眞理子的聲音。不過，現在知道能和偵探取得聯絡的不是淀野，而是豹紋女。

淀野冷冷俯視玲奈，「無論是誰在搞鬼，天亮前灌水泥扔到海裡就行。」

「太可惜了。」家暴男中突然冒出一句。

「你這是外遇喔。」一名灰道分子打趣。

眾人哄堂大笑，這個家暴男卻有些氣惱。「才不是，本來應該讓我們順利見到老婆，卻因發生意外延遲出發時間。原本是想要你們退一些錢，不過用這個女的湊合一下也不壞。」

其他男人毫無顧忌，紛紛點頭表示贊同。

淀野一副拿他們沒轍的樣子，冷哼一聲。「想輪流上她啊。這樣的話請立刻開始。我們一小時內出發，必須在今天夜裡交易完畢。」

家暴男面面相覷，群聚上來。淀野嘆著氣退到後方。

十一個曾對妻子或女友施加暴力的男人，團團圍住玲奈。她頭一次意識到裸著身體是多麼糟糕的狀況。這些醉鬼的視線彷彿舔遍全身，她忍不住反胃。

一群男人低聲討論順序。或許都是成年人，氣氛像在協商公事。取得共識後，沉默地猜起拳。

爛透了，玲奈在心中低聲咒罵。家暴行為的背後可能各有緣由，但聚集在此的十一個男人，不過是承載性欲的肉塊。

隨著猜拳的進行，玲奈放逐遠方的情感又在胸口隱隱作痛。當她意識到時，淚水已落下。

豹紋女跑過來，直盯著玲奈。「這傢伙現在才哭，終於明白自己有多慘了吧。」

灰道分子的譏笑響起，玲奈益發感到悲哀。即使想維持鎮定，眼淚卻不聽使喚。

頭頂上方的贏家似乎已出爐，露出銀牙的男人問：「有沒有別的房間？」

「別想外帶，就在這裡做。」一名灰道成員回答。

周圍一陣歡呼，家暴男不知所措地呆站。

猜拳的贏家誇張地皺眉，「有人看著我做不下去。」

「需要威而鋼嗎？」戴鼻環的女人嘲弄道。

笑聲益發誇張。只見淀野嚴肅地走向家暴男。

淀野一臉不耐煩，「一次三人，請到外面解決。麻煩快一點，處理這女人也需要時間。」灰道成員安靜下來。嘖，眞無聊。沒好戲看了。眾人抱怨連連。

玲奈感受到肌肉的力量逐漸復原，但還沒辦法起身走路，而且雙手綁在背後。有人抓著她的肩膀和腳，將她抬起。升瀨是搬運玲奈的其中一人。

一離開室內，寒冷的空氣瞬間包覆全身。海濱的氣味在陰暗的夜裡飄盪，海風的吹拂讓人感受到此地的廣闊。雖然是碼頭，但應當沒有船隻停泊，也聽不見搬運作業聲，一片死寂。

施工的材料堆成一座小山，蓋著塑膠布。玲奈被放在上面，觸感又硬又冷。三個男人壓著玲奈，爭相靠近她，酒臭撲鼻而來。男人每吐出一口氣，玲奈都反感到渾身發顫。

升瀨迅速貼近，玲奈丟出一句：「快住手，這樣不會對不起遙香小姐嗎？」

升瀨眉頭一皺，瞪著她。「妳怎麼知道我老婆的名字？」

「爲了帶回妻子，你不是付了三百萬？如果不是很愛她，應該捨不得吧。」

「那個啊……」升瀨一臉不耐，「她是我的所有物，不准隨便逃走。搞丟就找回來，反正錢原本就是她賺的，再叫她工作還我就好。」

另外兩人頻頻點頭，變態之間的共鳴，實在令人作嘔。玲奈嘲諷道：

「聽說在家暴男眼裡，老婆和女友只是練拳擊的沙包，看來不假。」

三人似乎不討厭這個說法，互望一眼，猥瑣地笑起來。沒錯，其中一人回答。

滿心憤怒中，玲奈反倒產生憐憫之情。連一絲一毫的愛情也沒有，這些男人擅自把女人當成洩欲對象，及負責工作和家務的方便道具。因爲很好用，逃走才會拚命尋找。依賴著視爲物品的妻子或女友，懷著病態的執拗，無法放手。他們深知，沒有其他可任意支配的女人。

一張醉醺醺、邋遢鬆弛的鬍子臉逼近，男人壓上來，玲奈不禁哀號。升瀨摀住她的嘴，發不出聲，眼淚奪眶而出。她試圖抵抗，卻徒勞無功。男人掛著唾液的舌頭逼近玲奈的臉頰。

霎時，強大的風壓伴隨爆裂聲掃過，她眼前的男人瞬間消失。

升瀨驚叫，現場出現第四個男人，爬上材料堆成的小山。這個高瘦的西裝男子揮舞著木棍，打飛的鬍子男滿面鼻血倒在玲奈身旁，雙手摀著痛苦到皺成一團的臉。

一片漆黑中，玲奈終於認出西裝男子。窪塚悠馬與家暴男對峙，肩膀隨喘息上下起伏。

另外兩個男人不禁畏縮，只會對無力抵抗的女人施暴，根本與剛毅一詞沾不上邊。

窪塚毫不留情地先發制人，木棍落在升瀨腦袋上。先是劃破風的聲響，接著傳來硬物破裂的刺耳噪音。升瀨頭頂噴出鮮血，跪倒在地。

最後一人嚇得魂飛魄散，拔腿逃跑。窪塚毫不手軟，狠狠打在男人背上，男人從材料小山滾下去。像要消滅所有害蟲，窪塚不斷揮舞木棍。

不一會兒，四周回歸寂靜。窪塚故意打壞三人的膝蓋和腳踝，沒人站得起來，不斷痛苦呻吟。

窪塚走近，玲奈羞恥地翻身縮成一團。同時，她發現身體已恢復自由。窪塚別過頭，脫下外套蓋在她的裸體上。

接著，窪塚抱起玲奈跳下小山，在夜裡奔跑。

玲奈抬頭注視著窪塚。滴落他臉頰的汗水，在黑暗中映出微光。

窪塚細心留意著姿勢，玲奈一點都不覺得疼痛，毫無反抗地放鬆。

幽暗的碼頭旁，停著一輛運動型房車，是馬自達的ＡＸＥＬＡ。窪塚打開副駕駛座的門，輕輕將玲奈放上座位。他從手套箱裡拿出美工刀，伸到外套底下，割斷綁著玲奈的繩子。

窪塚關上門，繞到駕駛座一側。此時，隔著車窗傳來吵雜的聲響。多人奔跑的腳步聲中，混著憤怒的吼叫。

窪塚坐進駕駛座，發動引擎。伴隨輪胎高速的摩擦聲，窪塚猛踩油門，衝進無垠的黑夜中。

車裡沒裝無線電，不是便衣警車。玲奈伸手操作導航系統，縮小地圖比例。確認目前所處的地點，是離江東區夢之島公園兩公里的興田碼頭。這個區域的使用頻率似乎很低，「野放圖」可能是挑沒船隻停泊的今晚，包下位在碼頭的店。當然，想必是僞裝成一般公司簽約。

車內昏暗，但儀表板的微光仍映出玲奈裸露的下半身。外套的位置有點偏移，玲奈留意著窪塚的視線悄悄調整。

窪塚直盯著前方，轉一個大彎。他沉穩地開口：

「我很早就結婚，白天也提過，我有女兒。大學時代頗受歡迎，交往對象多是美人。」

「意思是，你不會在這種時候失去理智？」

「沒錯。」

「如果是眞的，倒挺令人安心。」

「妳可以相信我。」

車子通過閘門，離開碼頭，駛上公路。依舊沒有其他車輛經過，附近也沒有民宅或店家。不過，在遙遠前方流動的光河，就是環狀七號線。

玲奈望向駕駛座外側的後照鏡，確認有無來車。鏡中一片漆黑，沒出現應當追逐在後的車燈。「那些傢伙的車呢？」

窪塚從胸前口袋取出一支筆狀物，遞給玲奈。那是一字螺絲起子。「這是撿來的，不過滿好用。我先把他們的車子輪胎刺破了。」

「光是持有這玩意，就觸犯《撬鎖防治法》，車子也是你自己的，這不像公務員份內的工作。」

「我被剔除在搜查團隊之外。警察官僚體系裡，橫行著投機主義，上層主張十一名婦女並非遭到綁架，根本不在乎她們的安危。如果沒正式立案，就不會傷及警方的尊嚴。」

「你一個人到處亂來，只是單純的非法分子。」

「妳沒資格說別人吧。」窪塚加踩油門，「偵探和小說裡寫的不同，警察也一樣。借用手槍必須取得上司許可，不能隨便從警署的保管庫拿出來，進入碼頭仍需要搜索狀。再拖久一點，就來不及救妳。」

「要我道謝嗎？」

「不。我只曉得那些家暴加害者都待在池袋，循著他們的足跡追來。他們似乎聚集在一間租賃倉庫，可是我趕到時已人去樓空。不過，多虧某個熟知警察搜查方式的人，我才找到一張房卡。在案發現場，我們會先從外牆與路面的交叉點進行搜查。周圍太暗就打開手電筒，因爲那裡是東西最常遺落的地方。」

「你去過飯店客房？」

「某人刻意留下Google帳號與密碼，就是希望警方發現吧。多虧這一點我才能順利登入，從定位紀錄找到興田碼頭，雖然不曉得追蹤對象是誰。」

「是升瀨。」

「究竟是怎麼對他的手機動手腳，我沒興趣知道。不過，妳還留下一份可疑的調查報告書，是從檜池住的米田大樓偷出來的嗎？」

「要我道歉嗎？」

「那是不幸犧牲的伊澤恭子的行蹤調查，內容是四年半前的。」

「提供我妹行蹤給岡尾的，是同一個偵探。『野放圖』那夥人也委託那個偵探。」

「『野放圖』啊，是個不怕殺人棄屍的凶惡灰道集團。家暴庇護所的集體失蹤案，是他們搞的鬼嗎？」

「裡面有個叫淀野的男人，但他似乎不清楚那個偵探的事。負責聯絡的是一個穿豹紋裝的女人。」

窪塚點頭，「淀野瑛斗是實質上的領袖，但並非所有事都歸他處理。灰道不實行組織管理，也不擅長尋人，才會僱用偵探。集體綁票這種體力活，大概才是『野放圖』的看家本領。」

「不過，聽說那些家暴受害婦女是自願逃出設施。」

「這就是問題所在。爲何她們會這麼做？」

警方沒能解開謎團，依目前的情況，無法期待搜查能有所進展，否則窪塚不會對組織大失所望。

但還有一點令人在意。如今窪塚可能會成爲傷害罪的嫌犯，是什麼原因讓他跨越界線？

「失蹤的十一人裡，有你認識的人嗎？」玲奈問。

「沒有。即使是素不相識的陌生人，也不能置之不理吧？妳應該會同意。」

「為何這麼想？」

「說是反偵探課，妳卻沒一個勁追蹤不肖偵探。」

總覺得聽著不太舒服。我心中早就沒有那種天真幼稚的理想，玲奈暗暗反駁。

在炫目的亮光包圍下，車子進入環狀七號線。感受到周遭駕駛的視線，玲奈侷促不安。她縮著身軀，盡量裹在外套裡。

原本和一輛拖車並排行駛，窪塚刻意放慢速度，拉開距離。大概是要防止對方從較高的駕駛座往下看吧。他是為我著想，還是純粹不希望有人報警？

我幹嘛要在意這個二選一的結果？玲奈自問，隨即搖搖頭，將疑問拋諸腦後。

「這只是我個人的想法。妳不該回住處，既然『野放圖』和不肖偵探是一丘之貉，肯定能查到妳的來歷，沒必要特地先告訴他們答案。」

「我同意。」話雖如此，玲奈已走投無路。「可是我沒有衣服，錢包也丟了，還能去哪裡？」

窪塚按下導航系統，語音顯示他將自家設定為目的地。

玲奈嘆口氣，「如果想帶我回家，就直接放我下車。」

「妳沒聽到我剛剛說的話嗎？」

「太太在更麻煩吧。」

「我妻子不在。」窪塚僵著臉，加快車速。「不過妳大可放心，我母親在，女兒也在。」

20

根據窪塚所說，他平常住在公家宿舍，當然不能帶玲奈回去。現在要前往的地方，是他母親居住的老家，就在京成曳舟站附近。

晴空塔的霓虹燈熠熠生輝，原以為是深夜，其實才過九點，正值街上最熱鬧的時刻，行人如潮水來來往往。停在路口等待紅燈，僅靠一件外套遮蔽，玲奈感覺分分秒秒都特別漫長。

車外的風景逐漸轉變為錯綜交織的小路，新舊混合的建築擠在狹小的住宅區，可說是東京都內隨處可見的現象吧。還不到就寢時間，家家戶戶窗裡都亮著燈。

車子滑進一幢格外復古的木造家屋旁。窪塚停車熄火，說聲「稍等」便打開門。車內亮起燈光，玲奈有些不知所措，不過窪塚從外側關上門後，又暗下來。

玲奈不安地蹲坐在副駕駛座上。不久，窪塚提著一個紙袋回來。

窪塚一開門，車內燈又亮起。他遞出紙袋，告訴玲奈：「這是我妻子的衣服。我母親準備的。」

這表示他獲得母親的理解了吧。玲奈沒多問，畢竟光著身子什麼也不能做。門再度關上，車內轉暗。窪塚走到屋子的玄關前，望著路面，背影彷彿在說「我不會偷看」。

玲奈在漆黑中摸索手提袋。最先拿出的紙盒裡，裝著一雙休閒運動鞋。下面是整齊摺疊的衣服，攤開一瞧，是一件七分袖的垂墜洋裝。此外，還有內衣褲和絲襪，難怪窪塚要強調是母親準備的。

穿上衣服，終於恢復平常心。玲奈打開門，在車內燈的照明下，她注意到後座的物品。那是她使用的舊型iPhone和駕照，想必是窪塚在飯店房裡找到的。

玲奈望著車外的窪塚，他依然背對玲奈佇立原地。

默默拿走吧，他應該是這個意思。玲奈拿了東西，爬出車外。

她走近窪塚，遞出外套：「謝謝。」

窪塚轉身時瞥見玲奈拿著手機和駕照，神情絲毫沒變。他把外套搭在肩上，踏入玄關。「進來吧。」

玲奈跟隨在後。信箱上的名字是「窪塚仁美」。窪塚推開毛玻璃拉門。

玄關的脫鞋處充滿昭和時代的風情。深褐色的木地板，中間走廊的陡梯，及穩重的鞋櫃。頗有年歲的掛鐘靜靜刻畫著時間。隱約飄來線香的氣味，大概設有佛壇。櫃子上放著黑色圓盤式撥號電話，中央寫有電話號碼，玲奈默記在心。

在古早的燈泡發出的朦朧橘光下，走出一名五十多歲的婦人，玲奈直覺認定她是窪塚的母親。他們就是如此相像。

窪塚仁美親切地微笑，「歡迎，眞是年輕的朋友。衣服很適合妳，穿起來簡直和詩織一模一樣。」

詩織——想必就是窪塚的妻子，玲奈暗忖。

窪塚板著臉脫鞋進屋。「不是朋友，她是案件關係人，其他不能詳說。」

玲奈向仁美點頭致意：「打擾了。」

仁美回一禮，打量著玲奈問：「髒衣服呢？」

窪塚立即回答：「剛拿去附近的自助洗衣店。」

「這樣啊，明明可以在我們家洗……」

窪塚大概是以泥水弄髒之類爲由，請母親準備衣服。畢竟不能說帶著赤裸的女人回家。

窪塚鬆開領帶，「我們很快就要再出門，有吃的嗎？」

「如果不介意，我可以熱一些晚餐的剩菜。」仁美看著玲奈，朝屋內比了比：「請進。」

玲奈脫下鞋子，踏上嘎吱作響的木地板。經過樓梯旁時，她聽到一道極輕的腳步聲。

樓梯上，一張小巧的臉望著下方。那是個大約五、六歲的女孩，穿著開襟毛衣和裙子。如小狗般純眞的雙眼，不可思議地盯著玲奈。

「妳是誰？」女孩問。

「柚希，應該要說『妳好』才對吧？」窪塚糾正。

名叫柚希的女孩，有些害羞地說著「妳好」。但羞澀不到幾秒，她瞳眸發亮，開心大叫：「她穿媽媽的衣服，是新媽媽嗎？」

仁美不禁苦笑。窪塚有些慌張地催促柚希，要是寫完功課，就趕緊刷牙睡覺。柚希對著玲奈微笑，跑下樓梯，嚷嚷著「不要，我想招待客人」。

一般情況下，身爲客人的玲奈會和女孩父親相視苦笑吧。然而，視線交會的瞬間，窪塚面無表情，玲奈的臉部肌肉也放鬆不下來。

儘管如此，這裡讓玲奈感到安心。三十分鐘前歷經的絕望處境，彷彿是一場錯覺，或只是幻影。時光靜靜流淌在身邊，對玲奈來說，這樣已足夠。

「盥洗台在那邊。」仁美告訴玲奈。

玲奈面向鏡子，打開水龍頭，佯裝在洗手。指紋的表面塗層還留著，可不能洗掉。

屋子後方有道走廊。面向走廊的和室比想像中寬敞，天花板是杉木條編成。牆上糊的和紙老舊泛黃，但損傷保持在最低限度，榻榻米也相當乾淨，顯然受到悉心維護。

玲奈面對窪塚，在和室矮桌旁坐下。窪塚交代母親，不需準備太麻煩的食物。仁美端來一盤燉豬肉，生薑切成薄片，白蘿蔔似乎先燙過，嘗起來濃厚入味。這是頗費心思的料理。

將味噌湯端至嘴邊，玲奈透過蒸騰的熱氣望著窪塚。窪塚正默默吃飯。

窪塚無疑是玲奈的救命恩人。但他沒自以爲了不起，玲奈也道過一次謝，再提起這個話題，顯得有點多餘。她明白爲何遲遲無法消除隔閡，因爲彼此都很倔強。無論有沒有自覺，玲奈都不想和他變得熟稔。她從來就不擅長面對警察。

仁美在廚房忙碌，包含女孩在內，三人圍繞著安靜的餐桌。柚希充滿興趣地湊近玲奈。

眞是親人的女孩。或許是父親平常在家都很沉默，柚希的話也不多，有什麼想要的就藉眼神表達。此刻，她伸出一隻手，注視著玲奈。

是希望玲奈握住她的手吧。玲奈一回握，柚希另一手便伸向父親。

窪塚浮現困惑的神色，瞄一眼玲奈。若是平日與女兒的嬉戲，他不會拒絕。但在玲奈面前，他似乎有些顧忌。

然而，看著柚希燦爛的目光，窪塚不得不投降，握住她的小手。

僅僅是握著父親和玲奈的手，柚希便滿足地微笑。見柚希如此開心，玲奈不禁揚起嘴角。

窪塚也露出笑容。始終一臉嚴肅的他，表層的冰彷彿融化。

玲奈終於眞正放鬆。向柚希搭話應該沒關係吧，玲奈問：「妳上小學了嗎？」

柚希點點頭，「一年級，教學觀摩日很快就要到了。」

「這樣啊。」

「第一個學期也有教學觀摩日，」柚希的臉蒙上陰影，「可是只有奶奶來看我。」

玲奈的視線移向窪塚。窪塚嘆口氣，想鬆開手，柚希卻緊抓不放。窪塚不得不妥協。

他回望玲奈，解釋：「因爲有工作。」

柚希又露出笑容，看著玲奈說：「我想要新媽媽來。」

「柚希，這個人不是媽媽。看起來也太年輕了吧，小孩子還不懂嗎？」窪塚語帶責備。

「我懂啊，」柚希嘟著嘴抗議，「美玖的媽媽說，年輕才是贏家。」

玲奈再次流露笑意，窪塚不禁苦笑。媽媽之間會相互較勁啊，他喃喃低語。

柚希撒嬌地望著玲奈，「來教學觀摩嘛。」

窪塚擺出嚴峻的臉，「柚希，該睡覺了。」

但柚希堅持不放開玲奈的手，「不答應，我就不去睡覺。」

玲奈輕聲低語：「我答應妳。」

柚希的臉龐一亮，「眞的嗎？大棒了！」

窪塚訝異地瞪著玲奈，「喂……」

「沒關係。」玲奈回答。

這麼乾脆地答應，我恐怕沒意識到約定的重要性。玲奈憂愁地想著。活在充滿欺騙的偵探業中，用一句話應付這種場面，也逐漸不再感到罪惡。

或許是放下心，柚希終於鬆開手，像貓一般縮成一團，靠在玲奈膝上。

不久，傳來柚希安穩的呼吸聲，看來睡著了。

仁美走到餐桌旁，跪坐在柚希身邊，悄聲呢喃：「又睡在這種地方。我帶她回房間吧。」

窪塚小聲制止：「沒關係，我來抱。」

然而，仁美執意要抱孫女。「由於教學觀摩的事，我好像被她討厭了。希望至少在家裡，她能多依賴奶奶。」

仁美似乎聽到剛才的對話，有些寂寞地抱起柚希。柚希睡得頗沉，仁美緩緩走過榻榻米，安靜地離開。

透過打開的拉門，看得見隔壁房間設有一座佛壇。

「這是小孩子的虛榮心。看到同學的媽媽都來了，討厭只有自己跟別人不同吧。就算我去也一樣。」窪塚低語。

玲奈望著佛壇，「太太過世了嗎？」

一陣沉默蔓延。窪塚恢復工作時的表情，拿出手機滑動螢幕。「如果只是離婚，不會到現在還留著衣服。母親很喜歡詩織，一直將她的房間維持原樣。」

「我可以問是什麼時候的事嗎？」

窪塚依舊滑著手機。「快滿兩年。詩織體弱多病，我希望她不要把孩子生下來，她卻不聽。柚希出生後，她的身體就垮了。由於荷爾蒙失調，導致病情惡化。」

「那麼，柚希經歷過和母親的別離……」

「事發突然，我和柚希都沒能見到詩織最後一面。柚希在葬禮上沒哭，當時還是讀幼稚園的年紀，可能不太明白吧。直到最近她才會哭，去學校前吵著要媽媽。真是殘酷啊，懂得愈多，面對過去也和一般人一樣感受到悲傷了。」

寂寞宛如鑽過縫隙的風，拂過內心深處。玲奈脫口問出毫無意義的問題：「她是怎樣的人？」

「穩重、溫柔，關鍵時刻又非常堅強。住在宿舍的警察妻子之間，會按年資排無聊的上下輩分，瞧不起我們家。詩織一點也不氣餒，只是半夜有時會不甘心地偷偷哭泣。就算是爲了詩織，我也想盡早出人頭地。」

「你能成爲警部補，或許是託太太的福。」

「準備晉升考試時，詩織一直鼓勵我。她手藝很好，總會準備美味的炒飯，至今我仍記得那個滋味。可惜，收到合格通知書時，詩織已不在。」

哀傷如落葉飄下，心痛卻無能爲力。玲奈想哭，仍極力忍住。她注意到窪塚的眼角濕潤。

窪塚沒讓眼淚掉下。抱歉，淨說些無聊的事，他低聲喃喃。隨意將孤獨感打發過去，才能維持自制吧。

「不，一點都不無聊。」玲奈應道。

又是一陣沉默。在無語的空間中，彷彿聽得到逼近心底的寂靜。

窪塚嘆口氣，重整情緒後繼續操作手機。「沒顯示升瀨的所在位置，追蹤到興田碼頭就斷訊。時間是在我們離開之後。」

一個晚上闖進兩名不速之客，「野放圖」自然會加強警戒。玲奈推測：

「大概檢查過所有人的手機，要求全部關機，或直接砸壞。」

「若是『野放圖』，很可能這麼處理。」窪塚放下手機，「雖然延遲出發，他們恐怕不會取消交易。今天夜裡，應該就會前往那些家暴受害婦女的所在地。」

「池袋的聚會上，一個叫眞理子的女人提到，她們在車程三小時左右的地方。」

「範圍太廣，一都六縣（註）都符合條件。要是走高速公路，連東北或中部都勉強到得了。」

「當時我沒辦法確認那些傢伙的車牌。」

「刺破輪胎時我看過，都是表面加工過的假車牌。他們約莫持有大量偷來的車牌，一移動就替換，車牌辨識系統也偵測不出。」

既然無法追蹤，只能尋找新線索。玲奈問：

「警方仔細搜索過家暴庇護所嗎？」

「基本上，包括鑑識人員，一些搜查員去過，但不可能進行大規模的現場採證。媒體的直升機一直在上空盤旋，得防止他們發現庇護所的位置。調查重點都放在庇護所外，就是接應那些婦女的三輛黑色箱形車附近。鑑識人員採集泥土當樣本，並拍攝地上胎痕。」

至今仍查不出犯案用的車輛，庇護所外的證據就派不上用場。玲奈注視窪塚，「入住者逃走的原因，或許出在庇護所內部。」

「即使想深入調查，礙於設施裡住著許多家暴受害者，警視廳和轄區警署都避免進出。」

「在被視爲禁忌的神聖領域，更可能是惡意藏身之處。」

窪塚彷彿有所感觸，僵著臉瞥向手表。「現在是就寢時間，要是等到早上，『野放圖』很可能已完成交易。」

「所以呢？」玲奈嘆氣，「曾待在搜查總部的警部補，應該曉得家暴庇護所的地址吧？立刻出發就行。」

「庇護所早就熄燈，並關閉閘門。」

「事到如今，還在意犯下侵入住宅罪嗎？」

窪塚閉上嘴，注視著玲奈。玲奈回望著他。

爲何窪塚會如此同情這些家暴受害婦女？玲奈似乎能理解。約莫是妻子離世帶給他

註：指東京都、神奈川縣、千葉縣、埼玉縣、茨城縣、栃木縣、群馬縣，通稱關東地方。

的影響。既非錯誤的移情，也非濫情。

沉默半晌，窪塚意外浮現微笑。

「傷腦筋，我早有遭到懲戒或免職的覺悟。」

玲奈淡淡微笑，「或許還有成爲偵探的選擇。」

「如果去須磨調查公司，妳能幫我介紹嗎？」

「要是你到其他公司，就是敵人。畢竟我隸屬反偵探課。」

過一會兒，窪塚恢復認眞的神情。「其實，之前我對偵探業抱持否定的態度。尤其是在民事案件外，還插手刑事案件的傢伙，我實在無法忍受。像是阿比留，從一開始就十分可疑。」

玲奈並不怎麼介意。「可是，你現在卻積極考慮轉行？」

「我改觀了，」窪塚望著玲奈，「自從遇見妳之後。」

玲奈有些坐立難安，忍不住別開視線。不能當眞，玲奈告誡自己。

「等我一下，」窪塚起身，「要準備出發了。」

默默目送窪塚踏出房門，玲奈起身打算先到外頭。

此時，仁美提著幾個袋子走進來。

將袋子並排放在榻榻米上，仁美一臉認眞地問：

「能不能請妳帶回去呢？尺寸似乎剛剛好。雖然是幾年前的款式，可能已過時。」

大概是詩織的衣服。玲奈注視著仁美，「這是紀念品吧，我不該拿。」

「詩織的父母說過，悠馬一直被詩織的回憶束縛著，太可憐了。看到妳，我就想起詩織，柚希肯定也有同感。」

玲奈無法將心中所想化爲言語，只好垂下視線。我到現在都沒能刪掉留在手機裡的影片，咲良的事，我一天也無法忘記。

「穿過世的人的衣服，妳可能會覺得觸霉頭吧。」仁美怯怯補上一句。

「不，」玲奈輕聲應道：「沒這回事。謝謝您。」

仁美彷彿鬆一口氣，眼眶含淚。「妳眞是個好人，詩織一定也會很高興。」

玲奈憂傷地望著那些裝滿衣服的袋子。

無論是窪塚的母親或女兒，都還不曉得我的名字，也沒出聲詢問，想必是察覺背後原因複雜吧。還是，其實是想把我當成詩織？

仁美按按眼頭，起身離去。室內只剩玲奈一人。

清冷的幽暗籠罩和室。宛如水墨暈染的陰影中，玲奈泫然欲泣。詩織肯定深深被家人愛著，而我沒有那樣的資格。

21

時間已過晚上十點，沿著新大橋路並排的報社和郵局大樓，紛紛熄燈迎接夜晚的到來。

琴葉在須磨調查公司裡待到很晚，須磨和桐嶋催她快回去。琴葉希望等玲奈回來，但須磨不答應。明明他們留到這個時間，一定是爲了相同的原因，卻唯獨要求琴葉回家。拿出未成年這個無法反駁的理由，加上並非正式職員，儘管懊惱，琴葉只能乖乖照辦。

離開公司前，琴葉詢問桐嶋，不能聯絡玲奈姊的手機嗎？桐嶋沉著臉回答，進行調查時，偵探一切行動的後果都得自己負責，公司不會干涉。

琴葉在反偵探課的工作，僅僅是祈望玲奈平安，如此度過每一天。之前也是一樣，琴葉心生憂慮，根本難以好好休息。她難忍孤獨，悶得胸口刺痛。

回到離公司步行只要數分鐘的公寓，琴葉先在大門旁檢查信件。其中有一包用非制式尺寸信封裝著的東西，體積略大。沒貼郵票，也沒寫收件地址，是直接投遞。外面只寫著「給琴葉」。

琴葉有種不妙的預感。將鑰匙貼上感應器，自動門打開，她急急忙忙坐上電梯，直達八樓。

進入801室後，琴葉鎖上門，脫下鞋子走向客廳。

她重新檢視信封，是姊姊的字。拆開信封，看到一個光碟盒，裡面放著一張燒錄影片的光碟。

琴葉發覺自己不停喘著氣，寂靜的屋裡，唯有呼吸聲特別清晰。

不用猜也曉得是什麼影片，琴葉只想知道姊姊送來光碟的真正企圖。她檢查信封，並未附上信紙。

琴葉不想播放影片。她佇立原地，一個勁盯著光碟。

不知過了多久，手機響起。

她把光碟放到桌上，拿出手機查看，螢幕上顯示母親的手機號碼。

琴葉按下接聽鍵，「喂？」

母親的聲音靜靜傳來。「琴葉，現在方便說話嗎？」

「什麼事？」

「妳想回去之前的公司？」

「嗯。」

透過手機傳來的嘆息猶如雜音，母親嘀咕著：「什麼偵探業……」

「批評的話我不想聽，我要掛電話了。」

「等一下，」母親拉高嗓音，猶豫著沉默數秒，轉爲無奈的語氣：「剛才我跟妳爸談過，決定同意妳去上班，把文件寄回來吧。」

「咦，眞的嗎？」琴葉忍不住驚呼。

「彩音寄電子郵件給我們，希望成全妳的願望。」

一陣沒來由的寂寥在心中擴散，琴葉不禁望向桌上的光碟。在餐廳的照明下，碟片反射著微弱的光。

母親的聲音透著無助，「我想瞭解原因，於是聯絡彩音，可是電話不通。她在郵件裡告訴我們要換手機號碼，卻一直沒給新門號。妳知道嗎？」

「我沒聽說。」

「之前彩音明明那麼反對妳回去上班，是不是發生什麼事？」

父母還不曉得姊姊對玲奈做了什麼，姊姊不可能主動坦白。

我也沒必要特地告訴他們。琴葉憂傷地回一句：

「明天我會向公司要文件寄過去。」

「琴葉……」

「別說了！」琴葉不由得加重語氣，打斷母親的話。

母親再次沉默。空蕩蕩的屋裡，瀰漫著令人心痛的死寂。

琴葉自知踏上一條無法回頭的路。她想趁現在傳達心聲，哽咽著喚道：「媽媽。」

「怎麼啦？」母親問。

「謝謝。」

母親無言以對。琴葉無法忍受期待回應的自己，切斷通話。

胸口彷彿開了洞，冬天的寒風穿過。琴葉打開盒子，取出光碟。

雙手抓著光碟，力量自然湧現。光碟彎曲，和張力抗衡一段時間，很快到達界限。伴隨尖銳的聲響，光碟裂成兩半。

但破壞的衝動仍未平息，琴葉將斷裂的光碟重疊，折成四片。掌心傳來針刺般的疼痛，鮮血滲出。她沒退縮，繼續嘗試將光碟折成碎片。

緊握著光碟的殘骸，琴葉跪倒在地。無力地垂下頭，情感的漣漪滿溢胸口。究竟是為了誰，又是為了何事悲傷？不知道。眼淚只是不停落下。琴葉獨自嗚咽啜泣，淚水沾濕掌中的塑膠碎片。這便是映在她眼裡的一切。

22

儀表板上的時鐘，顯示為晚上十一點二十一分。玲奈坐在窪塚開的ＡＸＥＬＡ副駕駛座上，默默眺望著隨山間高速公路延伸的黑暗。

穿過高尾山後，首都圈中央聯絡車道上幾乎沒有車輛。看見青梅出口的標誌牌，下交流道進入一般道路，窪塚朝國道４１１號線的方向行駛。

「死神」查出家暴庇護所的位置，這條路和調查報告書中的描述如出一轍。

途中，兩人在便利商店稍作停留。玲奈將仁美給的衣服裝進紙箱，以宅急便寄回汐留的公寓。她想起自己丟掉錢包，不過窪塚代她付清，並默默遞給她一張萬圓鈔。「謝謝。」玲奈輕聲低語，如同往常把鈔票塞進鞋子。

經過五日市警署後，車子繼續行駛，而後轉進支線道路，在一盞路燈也沒有的山林間蜿蜒爬升。不久，路邊出現高聳的圍牆，鐵柵欄狀的閘門緊閉，沒有任何標示這塊地用途的牌子。

車子停在閘門前方。窪塚下車走近，按下對講機，低聲說著什麼。警備小屋離得不遠，制服守衛很快趕到，隔著鐵柵欄與窪塚交談。窪塚從懷裡取出某個物品，交給守衛。

不是警察手冊，而是一張黃底護貝卡，看來是相關設施的通行證。持有這張不記名通行證，便能出入車站或機場內與警察相關的區域。除了搜查員外，許多具特殊資格者，如機械整備技士，均持有該卡。

不久，窪塚轉身走回來。守衛準備開門。

待窪塚坐進駕駛座，玲奈問：「只要是警官都能進去嗎？」

「不是。」窪塚發動車子，駛入閘門。「搜查一課負責此案的全員名冊，曾送交一份給庇護所，我的名字也在其中。」

「不是從搜查團隊中除名了嗎？」

「新的名冊還沒做好，之後搜查總部才會重新編制。若是白天，他們應該會向青梅警署確認，不過在這種時間，說有緊急需求就讓我們通過了。」

庇護所用地內泛著幽微的光，不怎麼亮的照明散布各處，大致勾勒出建築物的輪廓。

廣闊的庭院與巨大的歐風建築，一般人不會知道，這裡原先是會員制的休閒養護中心，賣掉後便納入都政府的管轄。至於使用目的等資訊，更不爲人所知。

警方並未要求媒體隱瞞庇護所的位置，而是對媒體完全保密。理由不難想像。要是這麼氣派的設施上了新聞，恐怕會招來批評。

玲奈不認爲這是優待家暴受害婦女的天堂，根本和療癒心靈傷痛的生活相差甚遠。遠離人群躲在高牆內，無法自由出入，晚間熄燈後便強制就寢，簡直與監獄無異。

建築物旁畫有停車格，窪塚將車停妥。

兩個穿運動服的女人跑過來，應該是當班的職員。兩人年紀都在三十歲左右，胸前名牌寫著「田村」和「穗津」。她們分別自我介紹，全名是田村美幸和穗津芽衣。她們臉上沒有笑容，警官在夜晚突然來訪，感到緊張也是理所當然。

窪塚放軟姿態，禮貌地向對方說明，由於明天早上前必須整理出一份報告書，希望能獲得協助。他沒特別介紹玲奈，大概是認爲讓她們覺得玲奈是同行的女警就好。玲奈沒有異議。

玲奈離開交談中的三人，沿著建築物外牆步行。她注意到這裡沒設置防盜攝影機，是顧慮到入住者的隱私嗎？相對地，她發現動作感應器。可是，一旦有人造訪，就會關閉電源，可在庭院裡通行無阻。

玲奈曾懷疑，失蹤婦女搞不好都還在庇護所內。實際看到建築物後，她明白是不可能的。雖然設施的規模很大，但通道和樓梯均面向外側，沒有能避人耳目的地方，也沒有地下室，根本不存在能藏匿十一個人的空間。

玲奈繞到建築物後面。花壇附近的圍牆，僅僅設置一扇小門。入住者肯定是從這裡逃走。

手電筒的光在牆上游移，背後傳來腳步聲。玲奈轉身，只見窪塚和兩名女職員走過來。

窪塚告訴玲奈交談的結果。「跟在搜查總部聽到的報告一樣。單單將食物送進庇護所，必要手續就多得離譜。來訪者不可能在未經准許的情況下通過。」

玲奈望著小門，「請問任何人都能從內側打開這扇門嗎？」

美幸困惑地點頭。「因爲只插上門閂。不過，這裡裝有感應器，隨便打開會弄響警報器。」

「那十一名婦女逃出去時，警報器沒響嗎？」窪塚追問。

「沒有……設在管理室的感應器電源，不知為何關掉了。」

「據說內部有接應的人。」

芽衣驚訝地睜大眼。「怎麼可能！錄取員工時，都徹底調查過身家背景啊。」

「管理室內有一張寫著假通知事項的紙條，那十一人是聽到廣播後，才聚集到庭院的吧？」

「沒錯……」芽衣神情狼狽，「這是在懷疑我嗎？那天確實輪到我值班，可是我什麼都沒做。」

玲奈再次望向小門，「方便打開看看嗎？」

芽衣不知所措，在窪塚的眼神催促下，猶豫地走到小門旁。

芽衣解開門閂，發出咿呀一聲，小門打開。她拿手電筒照著無邊無際的黑暗。

門外是道陡坡，雜木林環繞四周，往下約五十公尺坡度才趨緩。附近地面殘留幾條胎痕，看來是三輛箱形車停放的地點。

「我跑過來時，門是開著的。那些入住者跑下坡，分別坐上那三輛車。」芽衣語帶顫抖。

玲奈心中的懷疑益發強烈。「那三輛車是朝哪邊停放？」

「呃……車頭朝左。」

這表示箱形車的門是面向庇護所。玲奈喃喃自語：

「所以，那些失蹤者從頭到尾都背對這邊。」

「我出聲想叫住她們，可是沒人回頭。」

玲奈不禁嘆氣，無言注視著窪塚。

窪塚臉色驟變，「其實坐上車的不是那些失蹤者嗎？」

玲奈點點頭。「穗津小姐趕來時，小門已打開，她只看到一群跑下坡的女人背影。她們不是從庇護所逃出去的，坐上車的是『野放圖』的女成員。一開始就先爬上坡，看準庇護所職員出現，她們再往下跑。如果事情是這樣呢？」

芽衣慌亂地搖頭。「可是，大家都穿著連身長睡裙。那是我們統一發放的睡衣。」

「假如『野放圖』成員潛入內部，便能將設施裡的用品帶出來。小門想必也是那個人打開的。值夜班的有兩個人，除去穗津小姐，就是另一人吧？」玲奈向窪塚解釋。

「怎麼會……」芽衣瞪大雙眼，「不可能是笹倉志帆前輩……」

窪塚盯著芽衣，「我聽過這個名字，就是前一天晚上和妳一起值班的職員吧。」

芽衣難以置信，忍不住提高嗓音：

「由於半夜開車出去接新的入住者，那天早上她累得睡著。」

「新的入住者來了嗎？」玲奈問。

「沒有。對方反悔，所以沒赴約。」

「笹倉志帆不在時，所內發生過什麼不尋常的事嗎？」

「不尋常的……啊，送稀飯來的卡車停在閘門內動彈不得，因爲她是負責人。」

彷彿有細微的電流竄過太陽穴，玲奈盯著芽衣，「最後有沒有卸貨？」

「沒有，負責人不在就不能打開貨櫃。不過，那是都政府指定、配備貨物分析系統的卡車，貨物內容都經嚴密的管理。」

這種卡車也用於送湯品到監獄。卡車側面的電子面板上，會顯示貨物總重量及鋁罐內水分的數值，想不當操作或改造系統是不可能的。這是爲了防止有人躲在貨櫃，偷偷潛入設施。

「那輛卡車在閘門內停多久？」窪塚問芽衣。

「呃……大概兩小時吧。司機擔心稀飯會蒸發掉，數值也確實稍微下降。」

「妳一直待在卡車旁嗎？」

「不，我不曉得志帆前輩出門，在建築物裡到處找她。」

「當時有其他職員醒著嗎？」

「沒有，只有駐守閘門的警衛。」

「從閘門那邊看得到卡車嗎？」

「看不到。差不多就是剛剛您停車的地方，那裡會被建築物擋住。」

「那麼，妳在建築物裡找人時，司機便能下車自由活動。」

「即使如此，他能做什麼呢？我要求他不能打開貨櫃，而裡面的貨物量也沒變化啊。」芽衣神情慌張。

「剛剛提到，由於稀飯蒸發，數值稍微下降。」玲奈開口。

「話是沒錯……」

「下降多少？」

「呃，原本含水量是百分之九十九，重一噸。後來變成含水量百分之九十八，重量剩〇．九九噸。」

時間彷彿靜止片刻，眼前突然一黑，玲奈不禁闔眼。「卡車的數值有沒有留下紀錄？」

「運送貨物進出的車輛，連同車檢證明書，全都會以數位相機拍照紀錄。」美幸回答。

「請把資料找出來。」玲奈輪流注視兩名女職員，「希望愈快愈好。」

感受到壓力的兩人，答應後匆匆跑進屋內。

「妳發現什麼？」窪塚問玲奈。

「你不懂嗎？起初水分占百分之九十九，等於水分以外的食材占百分之一。而一噸的百分之一是十公斤，這十公斤的食材，後來變成占整體的百分之二。若整體的百分之二是十公斤，總重量就是五百公斤。」

「五百公斤？減少這麼多？意思是，顯示○．九九噸的貨物重量……」

「多出四百九十公斤。假設十一名家暴被害婦女全坐上車，一個人不到四十五公斤，算起來差不多。除了裝載稀飯，那種卡車還留有作業空間，可塞人進去。」

「所以，就這樣不斷加熱，讓稀飯的水分蒸發一大半，但計量器顯示的水分只減少百分之一。實際情形和數字看上去的感覺差真多。」

「『野放圖』就是瞄準這一點。」

窪塚盤起雙臂，「司機要趁穗津小姐短暫離開，將目標婦女逐一抓進貨櫃，這可不容易。」

「他不是一個人，其實是雙人行動。笹倉志帆外出是個天大的謊言，警衛只守著閘門，當穗津小姐去接應卡車，笹倉便潛入目標婦女的住房。『野放圖』那群人慣於使用吸入性麻醉藥，恐怕是把十一個人都迷昏。」

「原來如此。爲了把昏睡的目標婦女搬上車，司機才不斷催促穗津小姐去找負責人。建築物構造龐大，當穗津小姐在其他樓層時，司機和笹倉就一個個搬運那些婦女。搬運完所有人之前，司機數度將穗津小姐趕上樓。因爲他們只需戒備穗津小姐。」

玲奈點點頭，「根據稀飯蒸發的比例，十分鐘內搬一個人就行，行動時間相當充裕。」

「不愧是偵探的推理。」

「不，這純粹是分析和判斷。」玲奈逐漸感到不耐煩，乖乖等在原地不符合她的個性，於是她走向建築物。「搜查員到現場時，應該問過這些事吧？那些普通組出身的公務員，果然不太擅長數學嗎？」

「別說搜查一課的壞話。」窪塚跟上她的腳步，「有一個手機應用程式可查到政府專用飛機的位置，但直到《讀賣新聞》報導出來，防衛省才發現這個漏洞。特考組的程度也沒好到哪裡。」

「畢竟攸關人命，希望你們能振作一點。」

「我飯碗都不保了，跟我抱怨也沒用。」

庇護所一樓，朝外半敞的大門裡透出些許光亮，應該是來自兼充值班室的辦公室。除了儲備辦公用品，也設有廚房。芽衣和美幸正在使用桌上型電腦。

芽衣注意到來人，抬起頭說：「找到照片了。」

玲奈和窪塚進入室內，走近辦公桌查看電腦螢幕。

那是數位相機拍下的卡車畫面。夜間停在建築物旁的卡車，司機是有點年紀的男人，玲奈沒印象見過他。

芽衣點擊滑鼠顯示下一張圖，是車檢證明書的照片。

窪塚仔細端詳，「明明換過車牌，號碼卻與車檢證明書上一樣，這是偽造的吧。」

玲奈有同感。只要將掃描器解析度設定在一千二百dpi以上，複製時就不會顯現「COPY」字樣的隱形防偽水印。接著，以圖像編輯軟體修改數值，用噴墨印表機印在表面未上光的厚紙就行。這是竊車賊擅長的非法手段。

窪塚一臉煩惱，「八成是贓車吧。只是，若這麼特殊的車輛提報失竊，應該會引起搜查一課的注意。既然搜查總部沒鎖定那輛卡車，表示沒收到任何有關『野放圖』取得卡車的來源情報。」

玲奈看著芽衣，「有沒有笹倉志帆的照片？」

芽衣和美幸離開辦公桌，走向收納櫃，取出檔案夾翻找。

玲奈信步走到廚房，大致掃視一遍，只有一把殺魚刀勉強能當武器。她趁兩名女職員不注意，拿毛巾裹住刀子走到窪塚身邊，悄悄遞給他。

窪塚默默接過，藏到外套底下。比起小小的偷竊行徑，為接下來的戰場做好準備更重要。他似乎也這麼想。

其他沒什麼值得注意的地方。櫃子裡有急救包，但沒任何特殊藥品。橡皮筋綁著幾支便宜針筒，入住者中大概有糖尿病患。

芽衣拿著文件轉過身，「就是她。」

觀察文件上貼的照片，這女人應該比芽衣和美幸大幾歲。一頭燙捲的黑髮、單眼皮和厚嘴唇是她的特徵。

「她什麼時候會來上班？」玲奈問。

「她請假好一段時間。發生失蹤案件那天早上，她身體不舒服，返回位在附近的公寓休息。去醫院看過病後，她就申請休假。」

「申請休假，這表示案發後她來過一次嗎？」

「不，休假不需要親自申請。她寄電子郵件到管理室，獲得上司的同意。我也曾發郵件給她，但她沒回覆，也不接電話。」

「沒有醫師診斷書，申請會通過嗎？」

「用相機拍一下診斷書就行，她在郵件裡附上照片。」芽衣走回電腦前，檢視照片縮圖，點選其中一張。那是證明文件的特寫。「就是這張。」

玲奈盯著螢幕，診斷書的文字清晰，姓名是笹倉志帆，病名爲急性腸胃炎，看診的醫院就在附近一帶。

案發後馬上消失會引起懷疑，但又有不能上班的隱情，於是申請休假。這麼看來，現下笹倉志帆極可能與「野放圖」一同行動。

玲奈操作滑鼠，查看檔案內容。她切換到詳細資料分頁，上頭顯示著圖片的Exif資訊。拍攝時間是發生集體失蹤案的當天中午，也一併記錄經緯度：

36.995879, 140.197921

拿iPhone拍下這個畫面後，玲奈開口：「抱歉，我有個任性的請求。那邊的針筒能不能給我一支？」

美幸流露困惑的神色，「針筒嗎？嗯，可以。」

玲奈的手越過辦公桌，「還有拋棄式打火機。」

「這是上司的……不過應該沒關係。」

「太好了。」玲奈接過針筒，目光轉向一旁尚未點燃的燈油暖爐。她打開注油口閥門，以針筒吸取燈油。

向皺著眉的兩名女職員低頭致意後，玲奈走出辦公室。

感謝兩位這麼晚還提供協助。窪塚鄭重行禮，便追著玲奈出去。

踏出設施後，窪塚低聲問：

「準備萬全的智慧型罪犯，會忘記關閉相機的GPS功能嗎？」

玲奈加快腳步，「爲了避免遭到追蹤，笹倉應該是借用其他人的相機或手機。而在裝病申請休假的診斷書裡，不會刻意摻雜假資料。笹倉沒注意到這一點。」

玲奈打開iPhone，在Google地圖輸入查到的經緯度。

顯示的位置是在栃木縣那須郡的深山，住址標示爲那須町蓑澤。那是沿著國道294號線往東，深入山林的地方。道路是否能通行，實際到當地才知道。

玲奈沉吟，「『野放圖』成員提到失蹤婦女在從池袋開車三小時的地點。如果走東北車道，時間確實差不多。」

窪塚瞄手表一眼，「他們想必正在路上。」

快走反倒更令人焦躁，玲奈索性跑向車子。「要通報嗎？」

「不，」窪塚跟著跑起來，「單憑這樣的證據，沒辦法讓搜查總部在大半夜出動。我們只能自己去了。」

23

淀野瑛斗坐在奔馳於夜間高速公路的小巴士上。座椅眞硬，每經過路面的接縫處，車子便會顚簸一下，和日產President根本不能比。

不過，還是得靜下來。他閉上眼深呼吸，安撫興奮的情緒，試著將一切交付給流逝的時間。

他可不曾打著「灰道」這種怪名號，「野放圖」原本是大學時代的社團。

淀野出身青森縣，父親建議他前往東京發展，於是他考進東京都內的私立大學。當時正值泡沫經濟末期，澀谷中央街上，聚集許多街頭風打扮的不良集團，也就是所謂的洋派混混。

洋派混混熱中於團體之間的鬥爭，有時挑釁一般人，有時到處逼人購買派對參加券，旁若無人的行徑十分囂張。他們由私立附中或高中的年輕學生組成，和暴走族有明顯的區別。

洋派混混高中畢業後，便進入大學組成活動社團。一方面主打在俱樂部舉辦派對等活動，另一方面繼續進行反社會活動，暗中賣起興奮劑，因此與暴力團之間的對立加深是必然的結果。當年六本木的迪斯可舞廳盛極一時，VIP包廂便成爲各大學活動社團的搶奪目標。

淀野主動接觸校內的活動社團。依附龐大的勢力團體，對獨自闖蕩東京的淀野來說，是避免遭到孤立的唯一方法。

第一年當跑腿小弟，淀野還是在社團裡找到自己的定位，也就是扮演協調員的角色。

儘管與暴力團爲敵，卻不得不和至少一名幹部結交。畢竟興奮劑的進貨和流通，必須獲得掌握現存管道的人幫助。於是，每所大學的活動社團，都會邀請暴力團幹部到迪斯可舞廳的ＶＩＰ包廂，並由社團女成員接待。這是約定成俗的慣例。

闖入成人世界的年輕人，若想成爲集團的舵手，圓滑的經營手腕是必備條件。淀野發現自己擁有經商才幹，總能早一步察覺暴力團幹部和成員的需求，採取能滿足雙方的最佳策略。除此之外，他還學習法律知識，建立不易遭到舉發的活動形式。淀野成功獲得前輩的信賴，第二年便登上活動社團的頂點。就在此時，他將社團定名爲「野放圖」。

大學畢業後，淀野通過司法考試，取得律師資格，並暗中繼續經營「野放圖」。成員是三十名左右的社會人士，幾乎全出身大學的活動社團。淀野不擺老大的架子，尊重成員的專長，不同計畫由不同人領導。

在世人統稱爲「灰道」的大集團中，不乏變質的非法放款公司，或由小鋼珠詐欺團體重新編制的組織。這些人的匯款詐騙手法拙劣而簡陋，容易遭到舉發。「野放圖」不會犯下那種失態的錯誤。從利用兒孫誆騙老年人的電話詐欺，到索討醫藥費、僞造繳費文件、融資保證金等等，各種斂財手段推陳出新，其他灰道集團只有模仿的份。每當媒體公開報導犯罪手法，淀野便著手撰寫新劇本。

在這期間，淀野想出一種新型的便利屋服務，以回應網路祕密留言板上的需求爲主。留言者多半是希望教訓某人，或殺害特定人物。其中，不少男人上網抱怨妻子或女友受不了家暴逃跑，他們也成爲大宗的客源。

爲了讓事業發展更加順利，淀野讓成員到各種行業中工作。舉例來說，笹倉志帆是大學學妹，淀野認爲她應該在都政府擔任職員，便要她提交履歷表，指示她除非找到有利於「野放圖」的工作，否則無論幾次都要不斷應徵。終於，志帆取得一個意義重大的職位——家暴庇護所錄取她。

單眼皮、長相欠缺特色的志帆，在特種行業裡派不上用場，也不適合當美人計的誘餌或用來色誘富豪。不過，既然外表樸素，選擇適宜樸素的工作就行。天生我材必有用，能將成員的潛力發揮到何種程度，便是經營成功的關鍵所在。

淀野察覺一陣動靜，張開雙眼。前座穿豹紋針織衫的女人轉過身，靠在椅背上。

秋子和平時一樣露出諂媚的笑容，「這件事結束後，我想去馬爾他島。」

「不太方便，」淀野輕聲問：「能不能等夏天再去旅行？另一件案子有幾個車手還沒把錢全收回來。」

「那些男人都是笨蛋，我們自己去就好啦！」

淀野冷哼一聲。女性成員之間有種奇妙的連帶感，如果報酬不均分，她們會不高興。秋子特別中意志帆，在秋子眼中，長得比她更不受男人注意的志帆，是不會構成威脅的同伴。

淀野不願拒絕秋子的要求。秋子曾去醫院身心科接受診療，有著危險的精神問題。除了與偵探聯絡的任務外，不希望給她額外的負擔。

現在駕駛小巴士的，就是秋子的父親。他持有大型車駕照，不惜一切都要幫助女兒。利用以前坐牢時的記憶，他從帶廣監獄偷出一輛配備貨物分析系統的卡車，往返家暴庇護所的工作由他負責。在短時間內弄到這輛小巴士，也是他的功勞。

除了長得漂亮，秋子毫無優點，但父親就是放不下她。家暴庇護所職員拍下的畫面中，應該都清楚映入他的身影。不過，在警方查出之前，還有許多條路可選。

「我知道了，」淀野點頭答應，「這件事結束就讓妳休假。」

「太好了！」秋子開心地轉回前方。

巴士裡的其他成員，無論男女都保持沉默，不說多餘的話。

爲應付下車後的狀況，淀野做起準備。他將長達二十公分的瑞士製獵刀收進鞘裡。

暴力不是淀野的專長，但淀野深受成員和顧客信任。只要出奇不意地突襲，便能刺殺任何人。前往現場時，他總是隨身攜帶這把刀。他暗自決定，萬一發生不得已的狀況，要盡量減少知道全部內幕的人，單獨逃走。

倘若無法除掉全員，能作證的人愈少愈好。雖然有風險，總比犯罪事蹟全曝光來得好。

如今「野放圖」已成爲淀野的終身事業。淀野相信，這份事業是爲了他而存在。不是爲了其他人，也不是爲了任何成員。

24

ＡＸＥＬＡ以不尋常的速度，在黑暗的夜間道路上疾馳。副駕駛座上的玲奈眺望儀表板，指針始終維持在二百公里左右。

窪塚握著方向盤，「要是巡邏車追上來，反倒如我所願，可以順便帶他們到現場。」

「交通警察會對付灰道團體嗎？」

「即使通報一一〇，也只有轄區的巡警會騎腳踏車過去瞧瞧，根本派不上用場。」

「真的不用聯絡搜查一課？」

「光是擅自前往家暴庇護所蒐證，便無法獲得上頭的諒解。最好的情況是要你明天早上再詳細報告。只要沒找到那些失蹤婦女，現況不會改變。」

在這種時間，東北高速公路上已看不到任何往北的車。「野放圖」從江東區出發後，走的應該是同一條路。單單從西多摩經中央高速公路出發這一點，就十分不利於我方。但窪塚既然刺破「野放圖」車輛所有輪胎，應該能延遲敵方的出發時間。

還有一點，窪塚希望巡邏車會追上來，「野放圖」恐怕不這麼想。看到後方出現類似轎車的車燈時，他們也不得不減速。如果順利，搞不好能追過「野放圖」。不過，到目前爲止，還沒發現任何可疑車輛。

出現自動超速取締機的設置區間告示牌。取締機會設置在第一個告示牌的前方二公里處，窪塚似乎曉得不會觸發感應器的車速上限，適度放慢車速，通過取締機後就加速狂奔。雖然他想吸引巡邏車的注意，但也僅限於現在，日後才被警方約談根本毫無意義，還是不要被拍到臉比較好。

進入直線道路後，車子狀況十分穩定，玲奈在副駕駛座上進行加工。她取出百圓商店賣的打火機，咬住上半部金屬蓋，用力拆掉。然後，她壓著噴嘴防止瓦斯洩漏，並把火力調整鈕轉到最大。將噴射噴嘴連同樹脂製的燈芯整個拔掉，玲奈打開車窗，握著打火機伸出車外，倒掉約一半的丁烷瓦斯。

「用手術刀刺傷檜池的傢伙，知識也相當豐富。」窪塚有感而發。

「哦，是嗎？」玲奈若無其事地回答。她將針筒裡的燈油注滿打火機，氣味瀰漫整輛車。裝回燈芯和噴嘴，扣上蓋子，又恢復成隨處可見的百圓商店打火機。她把打火機和iPhone收進胸前口袋。

此時，窪塚瞥向後照鏡，「來了。」

玲奈轉頭查看，黑暗中逐漸浮現紅光，車頭燈閃爍好幾次。

窪塚直視前方，踩下油門。巡邏車漸漸逼近，窪塚開始蛇行，不給巡邏車並行的機會。兩旁路燈的間距縮短，如流星般消失在後方。現下的車速已超乎想像，窗外的景色，簡直和透過新幹線車窗看到的一模一樣。

大約半夜一點時，那須交流道的告示牌出現在眼前，車子絲毫未減速，直接切進交流道，通過收費站開下一般道路。

縣道17號在深夜裡完全淨空，窪塚飆過一個個紅燈，頻頻注意後照鏡，玲奈也轉向後方幫忙留意。與巡邏車之間拉開相當大的距離，窪塚擔心對方沒追上來。

「高速公路警察會追到一般道路嗎?」玲奈問。

「當然，這與管轄範圍無關，不會因爲嫌犯逃往其他縣市就放棄。」窪塚降下車窗，警笛聲在後方遠處，但仍聽得見。

距離在導航系統上設定的目的地，只剩九公里。最初顯示的距離長達二百二十公里，他們只花一個半小時便來到這裡。雖然是趟無視法令、偏離常軌的路程，卻與希望緊緊相連。

前方也出現紅光，一輛豐田Crown便衣警車試圖引導窪塚停下。窪塚開到對向車道，隨即超越便衣警車。在後方追逐的車，不知不覺中增加三輛。

「還不錯，交通機動隊也加入，追在後面的車愈來愈多。」

玲奈透過外側的後照鏡，看著紅色光點逐漸變小。「距離又拉開了。」

「畢竟是一般道路，怕發生意外波及周遭，警方會節制速度。」

若能率領大量警車到現場，就再好不過。另一方面，一秒也不能浪費。十一名婦女站在命運的岔路口，去向由不得她們。

車子進入黑磯分流道，在瀨縫路口轉進縣道２１１號線，持續奔馳。前方一輛車都沒有，加上路線筆直，宛如開在賽車跑道上。

窪塚皺起眉頭，「還是放棄了嗎……」

後照鏡看不到紅色光點，也聽不見警笛聲，玲奈不禁嘆息。「他們已掌握車牌號碼，或許認爲之後再逮捕就行。」

「人手和經費都太拮据，不僅是搜查一課，到處都是這樣。」窪塚轉一個大彎，車子脫離縣道，駛進支線道路。

眼前一片漆黑蔓延，只有前方極近距離的路面，在車頭燈的照射下隱約浮現。時速保持在一百五十公里以上。道路逐漸變得狹窄，路邊護欄的生鏽程度愈來愈嚴重，終於到達連基礎公共設施都付之闕如的深山裡。路面是未鋪設的農用道路，四周黯淡無光，完全無法想像這是怎樣的地方。根據導航系統，附近只有滿滿的田地和山林。

順著緩坡往上爬，導航系統突然出聲：「即將抵達目的地。」

接著，前方的視野豁然開朗，出現一片如露營區的廣大平地。看到兩輛小巴士，窪塚在稍偏一點的位置停車，避免車頭燈直接照到巴士。

窪塚熄火，但不關車頭燈。不需要問理由，玲奈十分明白。只要此處有亮光，巡邏中的警車就可能發現。即使知道接近敵人的風險，也不能放棄任何獲得救援的機會。

玲奈與窪塚下車。霜露沾濕腳下的草地，空氣反倒格外乾燥。無數星星覆蓋天空，朦朧照亮黑暗。

窪塚奔向小巴士，玲奈尾隨在後。

他們在兩輛小巴士周圍繞了繞。車門都緊閉，透過車窗沒看到人影，司機也不在。

寂靜包覆大地，窪塚氣喘吁吁地低語：

「難道是車子全爆胎，他們才調用小巴士？」

玲奈快速算出小巴士的座位數目。要是分乘兩輛，「野放圖」和家暴男全員都坐得上去。再加上十一名被害婦女，回程也沒問題。

微風夾帶著草香撫過臉頰，一陣高亢的尖叫聲傳來。

應該不是錯覺，窪塚頓時繃緊神經。

分辨出尖叫聲的來源，玲奈跑了起來。窪塚也朝同方向跑去。

從巴士停放處跑進深隧的黑暗，向下的陡坡宛如懸崖，可望見對面的廢車棄置場。上百輛廢棄金屬堆成一座山，幾乎都是缺少車門、引擎蓋或輪胎的破銅爛鐵。這一帶沒有照明，一切都隱沒在漆黑的暗影中。然而，藉著手電筒晃動的光，還能辨識出一些人的動向。

廣場上放著幾個拖車用的貨櫃，沒接上牽引車，長方體的鐵櫃豎立在地上。幾個人影正打開貨櫃後方的門，一些女人跌跌撞撞走出來。恐懼不是她們腳步蹣跚的唯一原因，在庇護所的連身長睡裙外，甚至牢牢綁上繩索，唯有膝蓋以下可活動。女人悲痛的哀號，劃破寂靜的夜空。

一群人從旁欣賞這幕光景，數量約三十人，混雜著「野放圖」成員和家暴男，彷彿發酒瘋般高聲叫囂。每當有女人走出貨櫃，便以手電筒燈照亮她。此時，一個虛弱的女人面露哀痛，顯然不願面對不想再見到的人。一個男人衝出來，猛打她一巴掌，想必是她的丈夫或男友。女人跪倒在地，男人益發激烈地踹著她。四周充滿歡呼與下流的笑聲。

男人們紛紛接近那些抽泣中的女人，悲鳴四起，暴力蔓延。「野放圖」的男女成員彷彿在觀賞好戲，從旁鼓譟著。暴行升級，現場恍若地獄繪卷再現。抽離靈魂般的悲哀呻吟，在周遭迴盪。

玲奈緊咬嘴唇。曾經一度逃離狼爪的綿羊，又被送回野狼身邊。

她注意到窪塚想採取行動。

玲奈抓住窪塚的胳臂，出聲制止：「你想幹嘛？」

窪塚忿忿不平，「我看不下去。」

「你有什麼方法嗎？」

「沒有，但就算立刻報警，幾個女人恐怕活不到那時。」

依目前的狀況，這樣的預測確實沒錯。只有少數是打算把人帶回去，大部分都想親手除掉背叛自己的女人。在孤立無援的情況下，光靠兩人挑戰整個集團，結果不言自明。

內心的焦躁不斷上升，玲奈察覺自己逐漸失去冷靜。她和窪塚一樣，都恨不得衝出去。

正當玲奈心跳如擂，上空傳來爆炸般的聲響。

她赫然回神，仰望天空。一架直升機飛來，探照燈的光線四處移動。視野忽然覆上一片白，燈光照向這裡。

窪塚睜開眼，瞳中帶著光輝。「ＢＫ１１７，是栃木縣警的航空隊。」

玲奈非常震驚，原來那些巡邏車沒放棄時速飆過二百的瘋狂轎車，而是改出動直升機，由上空進行追蹤。在直升機駕駛看來，車頭燈想必猶如漆黑大海裡浮現的燈塔。

廢車棄置場的眾人停下動作。雖然探照燈沒掃到，每個人都僵在原地，屏息盯著上空。

遠方傳來警笛聲，不是一輛或兩輛，爲數眾多的警笛聲構成不協調的合奏。

大概做夢也沒想過，這裡會出現交通警察專用的巡邏車，「野放圖」和家暴男陷入恐慌，現場一片混亂。眾人跑來跑去，弄得塵土飛揚，根本看不清人影。有些打算獨自逃走，有些不肯放棄女人。幾個家暴男和「野放圖」成員吵起來，大聲抗議情況跟之前談好的不同。氣血衝腦的家暴男，益發激烈地對女人拳打腳踢。廢車棄置場儼然成爲慘烈的地獄修羅場。

大多數的「野放圖」成員都決定返回巴士。人質以外的男男女女，拚命攀上陡峭的崖壁。

要確保受害婦女的安全，此刻是唯一的機會，玲奈下定決心。窪塚似乎有同感。跟群眾方向相反，他衝下陡坡。玲奈隨即跟上。

下懸崖前，玲奈瞄巴士一眼。她對鑽進駕駛座的男人有印象，「野放圖」中只有他年紀特別大，格外顯眼。他就是送稀飯到家暴庇護所的卡車司機。又有幾個家暴男慌張地逃進車裡。

不管他們了，玲奈奔向谷底的廢車棄置場。

直升機似乎注意到下方的騷動，高度稍微下降，在廢車棄置場上空盤旋。螺旋槳的風壓觸地，揚起一陣沙塵。探照燈每掃過一次，就是一次光影明滅，刺激著視神經，導致現場益發混亂。

玲奈爬下懸崖，前方的窪塚正幫助一個遭繩子束縛的女人站起。兩名「野放圖」的男性成員發現他，馬上跑過去。

男人們手中的刀閃著銀光，玲奈大吼：「後面！」

窪塚回頭，其中一個男人剛要揮落刀子。雖然退一步躲過，但窪塚雙臂都被劃傷，鮮血飛散。窪塚毫不退縮，從懷中拿出一個用毛巾包裹的物體。打開毛巾，是一把刀。窪塚轉守爲攻，果決地舉刀刺入男人側腹。男人上身後仰，鮮紅液體溢出嘴角，當場倒地。

另一個男人見狀，頓時手足無措，扔下刀子逃跑。窪塚環視四周，發現有人狠狠踹著倒地的女人，便撲過去。那男人不是灰道分子，只是普通的家暴加害者。見窪塚猛衝向他，嚇得魂飛魄散。窪塚毫不留情地將刀子刺進男人胸口，鮮血如噴霧染紅視野，灑落窪塚全身。男人後仰躺倒，胸口插著刀。

在直升機刺耳的引擎聲和強風中，玲奈加入救援，到處奔走。忽然間，一個黑色物體飛來。意識到是水平揮動的球棒時已太遲，只來得及稍微傾斜身體——她的臉頰挨了重重一擊。

玲奈摔倒在砂礫上，翻滾好幾圈，劇痛及麻痺感在嘴裡迸裂，血味溢散。她意識恍惚，難以使力，只能癱倒在地，望著上方。

背著探照燈的強光，勾勒出兩個西裝男的輪廓，是在池袋碰過的那對組合。其中一人得意洋洋地將球棒扛在肩上。

他們身後傳來鼓譟聲，是那個豹紋針織女，過濃的妝容簡直就像能面。

男人不停揮動球棒，玲奈全身上下都遭痛打，神經斷裂般的劇痛恣意流竄。女人虛假的笑聲格外高亢響亮。

最後一擊落在玲奈的胸口。她聽到硬物的碎裂聲，卻不覺得疼痛。iPhone從胸前口袋掉出來，螢幕碎裂，機體扭曲。

還有其他小東西也一起掉出來，是拋棄式打火機。玲奈伸出麻痺的手，想抓住打火機。

男人踩住玲奈的雙膝，將球棒高舉過頭，下一擊肯定致命。

球棒落下前，玲奈的指尖觸到打火機。她立刻抓起，噴嘴朝向男人的臉，大拇指按下打火輪。

這與一般點火的動作無異，卻噴出比人還高的巨大火柱。熱風撲向玲奈，火焰瞬間吞噬男人。燈油和瓦斯不到兩秒就消耗殆盡，火柱旋即消失，手中的打火機融化成塑膠碎塊。而火焰依然在男人身上燃燒，沿著衣服攀爬蔓延，火星點點噴散。男人慘叫著丟下球棒，胡亂揮舞雙手向同伴求救。

燃燒中的西裝男不斷靠近，另一個男人驚懼地後退，拋下他逃跑。

焦黑的頭髮冒出難聞的氣味，西裝男如柴火般猛烈燃燒，終於氣力耗盡，雙膝一跪，向前倒下。橘紅色的炫目火光中，可看到他逐漸化爲灰燼的頭顱。

豹紋女發出哀號，跌坐在地，拖著身子往後縮。

玲奈拾起球棒走向她。兩人距離逐漸拉近。

另一個女人忽然闖入視野。玲奈記得她的臉，卻是第一次見到她。單眼皮與厚嘴唇，和在家暴庇護所看過的照片一模一樣。

笹倉志帆握著鐵棍，拚命揮來。可惜揮舞的幅度太大，導致她重心不穩，玲奈輕易躲過攻擊。

直升機的燈光照亮志帆。她的臉脹紅如蒸熟的螃蟹，細長的眼裡淚如泉湧，尖聲叫喊：「秋子，快逃！」

看來是在催促豹紋女。無奈秋子根本站不起來。

一股涼意在玲奈心中擴散。

玲奈聽過志帆的叫聲，和池袋聚會上的眞理子一模一樣。她的身分再清楚不過。

志帆不純粹是幫手，而是「野放圖」的重要成員，在組織內具有可擔負重大任務的地位。

不需要同情。

玲奈如職業球員般舉起球棒，擊球般朝志帆的臉猛力揮出。她握著球棒的手一陣麻痺，只見志帆的鼻血噴灑在空中，彷彿斷了線的木偶，無力地趴倒，軀體在沙塵中呈不自然的扭曲，一動也不動。

玲奈終於鬆口氣，放下球棒。

穿豹紋針織衫的秋子癱軟在地。玲奈一走近，秋子便顫抖著抽泣。

「救命……」秋子哭腫雙眼求饒，「求求妳，放過我吧。」

玲奈揪住秋子的頭髮，用力往上拉。秋子的臉皺成一團，痛苦地尖叫。

玲奈只想知道一件事：「你們僱的偵探是誰？」

秋子自顧自哭喊，雙手亂揮。

玲奈益發焦躁，加重力道，簡直要扯掉頭皮般質問：「是誰！」

秋子發出淒厲的哀號，淚水滾滾落下，顫抖著擠出一句：「澤柳、澤柳菜菜。」

「要怎麼聯絡？」

「不用聯絡，不黏絡……她就是啊、啊哇唉咿啊啊噎！」

只聽得懂前半句，秋子精神崩潰，瞳孔放大，嘴裡吐出無意義的話音。玲奈等候片刻，秋子的語言能力仍未恢復。

玲奈放開這個壞掉的發聲娃娃。秋子癱倒在地，口中仍不斷發出詭異的聲音。

玲奈虛脫般起身，環顧四周。

直升機依然低空飛行，探照燈掃過地面，清楚照出這一帶的慘況。

到處都有被綁住的女人，空氣中迴盪著哭喊聲，應該有好幾人受傷，想必是遭腦充血的家暴男毆打。不過，在玲奈視線所及的範圍內，似乎沒人有生命危險。她確認人數，共十一人。看來，那些灰道分子和家暴男，終究還是丟下她們逃走。

留在現場的「野放圖」成員，幾乎都無法動彈。全身燒得焦黑的男人仍冒著煙。玲奈打飛的志帆，及窪塚刺中幾個男人，橫倒在各處。

窪塚忙著幫那些女人解開繩子。他的臉滿是瘀青，頰上有無數擦傷，西裝破爛不堪，實在淒慘。不過，玲奈沒資格說別人。她的雙頰痛得麻痺，恐怕又會被懷疑遭到家暴。

喧鬧的中心轉移到陡崖上方，玲奈從遠方瞧不清，只聽到激烈的互吼聲。勉強看得出兩輛巴士還停在原地，許多人影在周圍竄動，紅光在他們身上忽明忽滅，想必是警車已趕到。依明亮的程度判斷，來了相當多輛。窪塚脫離常軌的演出，約莫引來全栃木縣的交通警察。

上面的混亂似乎還無法收拾，警察沒下到廢車棄置場。不過，這只是時間問題，該離開了。

玲奈望著窪塚。他又解救一個女人，從容地抬起頭看向玲奈。

剛要走近窪塚，玲奈眼角餘光捕捉到可疑的身影。

有個男人逼近尚未掙脫束縛的女人。頂著在灰道分子中明顯年長的臉，男人汗如雨下，西裝沾滿沙土。在直升機的風壓下，一頭長髮向上飛舞。

淀野瑛斗昂首站立，高舉手中的刀。無助的女人發出悲戚的哀鳴。

玲奈一顫，朝淀野奔去。但距離太遠，根本來不及。

霎時，一個人影撲向淀野。是窪塚，他似乎比玲奈早一步發現淀野。淀野揮下刀，窪塚打算抓住他的手，但探照燈的光太刺眼，害他沒抓著。

刀子刺進窪塚胸口，鮮血噴出，將淀野的臉染得一片殷紅。窪塚先是雙膝跪地，又一個踉蹌，向後倒下。

玲奈聽見自己的慘叫。她震驚不已，僵在原地。

淀野拔出刀子，茫然佇立。發現窪塚不可能反擊後，淀野再次將目標轉向女人。

憤怒驅動全身，玲奈衝向他怒吼：「淀野！」

淀野一驚，拿著刀子面對玲奈，緊張地向後縮。豈止不習慣打架，他根本沒什麼經驗。知道這點已足夠，玲奈抓住淀野持刀的手，扭向內側，重心保持在前，施加全身重量防止反擊。她往刀柄用力一推，利刃貫穿淀野的肺臟。

宛如水管破裂，血液噴散，灑滿玲奈一身。然而，玲奈文風不動，盯著淀野彷彿潑上紅色油漆的臉。淀野怒目圓睜，仰躺在地。沙塵揚起，只見刀子直挺挺插在他的胸口。

腳邊傳來女人的哭聲，玲奈低下頭，看到窪塚倒臥一旁。

她焦急地跑過去，在窪塚身邊跪下，握著他的手，用力按住傷口。

窪塚的傷勢有多嚴重，玲奈非常清楚。和琴葉受傷的狀況不同，窪塚的皮膚出現龜裂，玲奈的手指甚至可深入其中，感受到內臟遲鈍的跳動。他的肋骨斷裂，大量出血，心跳十分微弱。

窪塚像是感覺不到疼痛，目光迷濛地望向玲奈，啞聲輕問：「偵探的名字，問到了嗎？」

玲奈一時無言以對，內心湧起刺痛的哀傷。她點點頭，呼吸鯁在喉頭，發不出聲。

看著玲奈，窪塚放心般嘆口氣。「這樣啊。」

玲奈好不容易顫抖著擠出聲：「不要死……」

「沒關係，」窪塚浮現微笑，「這樣就能見到詩織了。話說回來，我好像不太能去天堂啊。」

「沒那回事，只是會不會太早？柚希還在家等你。」

窪塚面色一沉，滿是青紫的臉蒙上陰影，眺望著遠方低喃：

「眞是失敗，我實在太沒用。反抗上級，最後落得如此下場。」

淚水模糊玲奈的視野，「你沒做錯，眞的。」

「跟柚希……」窪塚輕咳著，呼吸紊亂，眼睛眨了數下，才終於吐出幾句話：

「不，算了。要是去見我女兒，妳會被逮捕。」

「無所謂。」

「直升機出現時，妳抬起頭了吧？」

「當時的高度，駕駛沒辦法看清楚，」玲奈曉得窪塚想說什麼，怕他浪費力氣，乾脆接過話。「望遠鏡頭可能拍到影像，不過我會妥善處理，不會留下證據。你不會被控告傷害，別擔心。」

窪塚無力地笑著，「妳總能讓我吃驚。雖然想多見識一下妳的本領，看來是沒辦法了。」

直升機的風壓導致狂風大作，探照燈打在窪塚蒼白的臉上。他充血的雙眼漸漸變得空洞，眼神茫然渙散。

難以壓抑心中蔓延的淒涼與悲傷，玲奈淚如雨下，顫聲說：

「活下去，拜託你。」

窪塚非常衰弱，仍望著玲奈，靜靜開口：

「妳現在的表情很可愛。在我們那個骯髒的世界裡，是容不得一絲猶豫的。」

「不，」玲奈哭著搖頭，「還是能跟好人相遇，跟你這樣的好人。」

帶著平靜的神情，窪塚低喃：「好人嗎？只有柚希這麼說過我。謝謝妳，願意跟我和柚希三個人手牽手。儘管只有短短一瞬間，還是讓我想起詩織仍在的時候。」

玲奈止不住淚水。再怎麼哭也無法宣洩的悲傷，及想要盡情痛哭的衝動，一直堵在內心深處。

窪塚輕輕闔上雙眼。透過皮膚傳來的溫度逐漸消失，身體慢慢冷卻。沒有氣息，再也感覺不到心跳。

「醒來啊，」玲奈深深呼喊，「快醒來。」

然而，窪塚毫無反應。他的手腳垂下，徹底癱軟。

視野充滿淚水，探照燈的光亮變成一團模糊。在直升機引擎發出的巨響中，玲奈放聲大哭。

現實不容許玲奈沉浸在悲傷中。直升機持續照亮此處，不僅是要替警方指引方位，也是爲了干擾她的視線。

懸崖上傳來海浪般的吵雜聲，一群人逐漸接近。

她快速查看窪塚的口袋，只找到一張通行證，沒有手機。

玲奈站起，轉身時瞥見癱坐在地的女人。那是其中一個家暴受害者，雖然不曉得姓名，卻是窪塚犧牲性命守住的人。她求救般望著玲奈。

疼痛彷彿要將心壓垮，玲奈沉默地邁開腳步，拾起掉在地上的iPhone。機體彎曲，螢幕粉碎，沒辦法開機。

咲良的影片沒備份。玲奈不曾想過要備份。檔案毀損，再也無法復原。

無數腳步聲從後方接近，連一點告別的時間都不容許。玲奈朝懸崖的反方向奔去，躲過緊緊跟隨的探照燈光，鑽過破銅爛鐵的迷宮，穿越扭曲變形的車框，頭也不回地往前衝。

光線往前方不斷延伸，由此可推測直升機的位置。玲奈躲在陰影處持續前進，直到碰到鐵網構成的柵欄。她立即攀爬上網，跳向對側，降落時連腳踝也陷進枯葉堆中。探照燈數度掃過，玲奈仍不停奔跑，全身只有數秒暴露在光照下。緊接著，她跑進雜木林。

避開無數灑落枝幹縫隙的光，玲奈迅速穿越樹林。從鐵網對面水平照射過來的光愈來愈多，是警察拿的手電筒。藉著陰影的掩護，玲奈在林木間移動。

風停了，沉靜的寒冷空氣刺激著玲奈的肌膚。該是和溫暖訣別的時候，反正我只能活在連眼淚都會凍結的極地。

25

玲奈將感傷拋諸腦後。她叮囑自己，只能秉持理性行動。

時間已過半夜三點，玲奈仍徘徊在雜木林中。沒有手機，無法得知現在的位置，連判斷方位都有困難。樹幹上沒有青苔生長，樹枝在頭頂上複雜交錯，也看不到星座。

玲奈走下坡，谷底有一方淺池。她撿起小小的金屬棒，用衣服包住，朝單一方向摩擦。必須留意不能來回摩擦。光是如此，便能讓鐵產生微弱的磁性。她把金屬棒放在葉子上，再讓葉子輕輕浮在水面。葉子緩緩旋轉，而後靜止。這樣就能辨別南北。

她回想殘留在記憶中的導航畫面，此處離最終目的地不到一公里。向北方直線前進，可能會碰到舊陸羽街道；向南方走，應該會碰到垂直的縣道28號線。

雙眸已完全習慣黑暗，玲奈踩著枯葉持續前行。每一次喘息，眼前都會染上一層白霧。山裡的酷寒深深沁入體內，不過比起渾身赤裸被帶去碼頭，算是差強人意。

雙線道的馬路出現在眼前。兩旁沒有路燈或人行道，這只是一條山谷間的道路。蜿蜒蛇行的路線不利於觀察前方，也沒有任何車輛通行。標示牌寫著「縣道28號線」，所以她是往南走。這麼一來，便能分辨東西向。

玲奈沿著道路，朝舊陸羽街道前進。一片漆黑中，她發現一座停車場。沒有照明，也沒有管理室，只有一輛輕型箱形車，是鈴木ＥＶＥＲＹ。九〇年代初期的老式車款，似乎僅有這麼一輛。

玲奈撿起石頭，打破側面車窗。窪塚給她的一字螺絲起子沒辦法當武器，倒是挺適合精細作業。

玲奈鑽進駕駛座，撬開鑰匙孔外圍的蓋子。細孔中裝有插銷，以螺絲起子尖端硬是鑿寬後，拆掉暴露在外的鑰匙孔。將螺絲起子插進長方形洞裡轉動，引擎便發動了。

找到代步的車，油量也相當足夠。玲奈握住ＥＶＥＲＹ的方向盤，從縣道72號線開往１７８號線。

在便利商店前發現公共電話，玲奈停下車，脫掉一邊鞋子，取出駕照和一萬圓大鈔。她在店裡買了個便宜的東西，找回幾枚十圓硬幣。

玲奈打公共電話到窪塚的老家。現下是就寢時間，鈴聲響了許久都無人接聽。

半晌後，話筒傳來仁美帶著睡意的聲音。您好，這裡是窪塚家。

真不知該如何說起，玲奈仍冷靜開口。悠馬先生身受重傷，請向栃木縣警方確認他被送往哪家醫院。

仁美似乎倒抽一口氣，仍堅強回答「我馬上出門」，又補上一句「謝謝妳的通知」。

悲傷彷彿要撕裂胸口，玲奈掛斷電話。沒使用「死亡」一詞，是因爲她還抱持希望。畢竟沒得到醫生的確認。

玲奈繼續開車前進。在那須街道前方的高久甲入口一帶，幾輛巡邏車集結，準備進行臨檢。不出玲奈所料，警方的緊急措施有點延遲。交通警察和灰道分子發生衝突，在深夜三點的栃木縣是極其特殊的情況，成立指揮系統自然需要一些時間，玲奈也才能順利駛上東北高速公路。

這輛車開不了多快，玲奈仍將油門踩到底，沿著高速公路一路南下。窪塚提過航空隊的直升機是ＢＫ１１７，她不曉得這種機型能飛多遠，只記得不知道在哪裡讀過，類似的機型可飛七百公里。若有手機就能上網搜尋，但現在沒時間下到一般道路去網咖，繼續前進比較明智。

以前在新聞報導中聽過，面臨重大案件時，在燃料耗損到回程所需的上限前，直升機會在空中持續盤旋。航空隊的直升機下方配有攝影機，但沒有衛星即時影像系統，無法從深山裡傳送影像到縣警總部，只能先儲存在Panasonic的Ｐ２記憶卡。

比起保護自己，玲奈更不想讓窪塚留下傷害罪的汙名。

就算刀柄驗出窪塚的指紋，也可解釋成他是以搜查一課警部補的身分營救人質時留下的。但在攝影機的影像裡，看得出他刺傷好幾個沒防禦的人。即使法官酌情審判，媒體也會抓出這一部分大肆渲染。玲奈不想讓窪塚淪爲媒體製造話題的犧牲者。

玲奈已開車將近一小時。她從鹿沼交流道駛下高速公路，進入國道１２１號。路上沒有往來車輛，街道安靜沉睡著。

眼前出現宇都宮飛行場的閘門。玲奈沿著路邊的柵欄前進，在一個沒有路燈的陰暗處停車。

她不是第一次潛入這類設施，往常訓練時演練過幾次。對偵探來說，沒有什麼設施是不能褻瀆的聖域。況且，這座飛行場只有靠北宇都宮駐紮地一側的警備較嚴謹，在靠民間區域的這一側，深夜裡並無特殊警戒。

玲奈挑選只有一名制服警衛坐鎮的入口，眼神不與對方交會，邊出示通行證，邊拿原子筆塡寫表格。公司名稱、姓名、要前往的部門名稱，全是隨手編造。

警衛什麼都沒說。雖然是穿便服的年輕女子，也可能排早班。這時間沒辦法打內線電話向相關部門確認，玲奈很清楚這一點。

順利潛入飛行場。

一千七百公尺的跑道徹底淨空，萬籟俱寂。飛行場十分廣闊，視線範圍內沒有人影。各處的鐵塔上都設有具夜視功能的監視器，玲奈抓準死角，伺機前進。黑暗中，一幢像倉庫的鐵皮屋亮著燈，她跑過去。

玲奈接近直升機庫，果然還是有少數檢修師和警衛在走動。直升機停放的位置是空的，可確認縣警航空隊的「Nantai」（註）出勤中。機庫出入口寬約三公尺，外面就是停機坪，直升機一定會回到這裡。

機庫一角設有檢修室，以玻璃隔間，只亮著緊急照明燈。玲奈從門口潛入，只見裡面儲備大量工具箱、配線及各種機械，品項龐雜。

玲奈的目標明確，行動也很單純。她戴上櫃子裡的橡皮手套，將兩條特粗電力急救線接上電容器兩極。爲求能承受巨大電流，以扳手拴緊螺栓。另外，再從繞線機拉出一

註：日本每個地區的警察航空隊，所使用的直升機均有專屬名稱，栃木縣的就是Nantai。

長段粗一公分的電池專用電力急救纜繩，將一端與特粗急救線相連。確認四下無人後，將纜繩從檢修室拉到機庫，在入口處的地上繞成一個直徑約三公尺的圓。接著，她又重複繞幾圈，形成線圈狀。

玲奈躲回檢修室。玻璃外的天空，仍覆蓋著無邊黑暗。

經過數分鐘，傳來些許忙亂的聲響，檢修師走出機庫。熟悉的引擎聲逐漸接近，玲奈探頭窺探。停機坪燈火通明，像起重機放下建材般，直升機緩緩降落。粗短的藍機體加上紅條紋，確實是在廢車棄置場上空盤旋的縣警直升機。

穿藍制服的駕駛員從側門爬下直升機。另有兩名人員共乘，其中一人抱著小鋁箱，儲存現場影像的記憶卡就在裡面。

三人走向機庫，直接跨過纜繩，似乎沒察覺異狀。

玲奈雙手各握著一根放電器的電極，等三人走到圓圈中央，便將兩根電極連在一起。

火花飛散，伴隨著爆炸聲，天花板的白燈全數熄滅。雖然還有來自停機坪的照明，但機庫一角仍陷入漆黑。空調停止運轉，寂靜包圍四周。

黑暗中，隱約可看見駕駛員的輪廓。他愣在原地，東張西望。三人拿出手機，但都無法啓動。

在電力急救纜繩圍成的電磁場中，玲奈製造出電磁脈衝現象。直徑三公尺的圓圈內，電子機械類用品全數無法使用。

記憶卡裡的影像檔案，理應刪除得一乾二淨。

玲奈退出檢修室，離開機庫。檢修師四處奔波，設法恢復電力。大概是察覺情況有異，幾個人影從警衛室跑來。玲奈隱身在陰影處，等警衛經過，迅速穿越無人看守的閘門。既無成就感，也不覺得安心。她只是完成比平常多幾個步驟的善後工作，如此而已。

冬季的早晨，黎明還很遙遠。玲奈再次坐上ＥＶＥＲＹ，沿東北高速公路北上。依案發地點推斷，重傷患者會送往那須醫療厚生大學醫院急救。

高速公路的出口處沒有臨檢，玲奈持續行駛在彷彿永無止境的寂靜國道。抵達醫院前，玲奈觀察夜間出入口，發現停著一排警車。她放慢速度，緩緩駛過，繞到後方停車。她從職員專用門潛入院區，經逃生梯來到醫院二樓的通道。

幽暗的走廊空蕩蕩，偶爾聽到腳步聲，玲奈就躲進轉角等對方通過。窺望挑高的醫院大廳，有幾名制服警察駐足。確認牆上的院內平面圖後，她加緊腳步前往急診室。

手術室的燈已熄滅。走廊上仍空無一人，但前方傳來多人的低語聲。

玲奈靠近半開的門，在門邊陰影的掩護下窺探室內。

幾名制服警察背對門站著，其中也有穿長大衣的男人，應該是刑警。還有穿白袍的醫師。隨他們站在一旁的，是窪塚的母親。

約莫是打電話詢問後，坐警視廳的車過來。仁美看起來十分憔悴，面向嵌著大片玻璃的牆。

玻璃另一側的床上，仰躺著一具身軀。大概是應仁美要求，原本覆蓋全身的白布掀開至肩膀處，露出臉龐。從玲奈的位置也能清楚看見側臉。那是窪塚悠馬。

仁美不斷拿手帕擦拭淚水，悄聲問：「只能隔著玻璃嗎？我想握握他的手。」

刑警肅穆地低聲告知：「由於牽涉刑事案件，沒辦法讓您觸摸遺體。真的很抱歉，還請諒解。」

室內一陣沉默，彷彿世間一切聲響都遭奪去。仁美的肩膀顫抖，在眾目睽睽下哭泣。

「悠馬，」她貼著玻璃呼喚，「要跟詩織永遠幸福喔。」

表情太僵硬了，玲奈提醒自己。然而，她不知該作何反應，於是輕哼一聲，板著臉走向辦公桌。只能做到這樣。

也沒什麼話好說。在琴葉闖進801室的那個夜晚，她已傳達真正的心意。

面對玲奈的沉默，琴葉沒慌得不知所措。她認真盯著玲奈，「臉上又有一大片瘀青，不過我買了很有效的藥，請坐下。」

玲奈有些困惑，仍聽從琴葉的話。琴葉拿出一罐藥膏，打開蓋子，指尖沾取些許透明凝膠。她輕輕撩起玲奈的頭髮，溫柔地上藥。

指尖的觸感令人無比安心。經歷沉溺在泥淖般的黑暗後，活著的時光更顯珍貴。

通往社長室的走廊上，出現兩個沒見過的西裝男子。他們嚴肅地瞥玲奈一眼，沒表露任何態度，消失在前往電梯間的門口。

送客的是桐嶋。他一臉僵硬地站著，不過看到玲奈後，表情多少緩和下來。他出聲呼喚：「紗崎。」

琴葉塗藥的動作停下，玲奈起身走向桐嶋。

桐嶋示意玲奈到走廊。

離開眾人後，桐嶋正經開口：「公安委員會一大早就來訪，『如暴風般氣勢洶洶』

已是非常保守的形容。」

「來發布停業命令？」

「對方是那麼打算的，但最後只提出警告。因爲須磨社長反駁，如果要根據《偵探業法》下達行政處分，就得拿出證據，好歹要有一枚指紋。」

「嗯。」玲奈不帶感情地回一聲。

桐嶋兩手插進口袋，隨意靠在牆上。「警方非常火大，明知妳做了什麼，卻抓不到證據，只能束手旁觀，今後大概會全力找機會檢舉我們吧。雖然想請知情的警部補幫忙說話，讓他們酌情審理，無奈他已不在世上。」

玲奈的腦中閃過窪塚恍惚的目光，低聲應道：「關於家暴庇護所一案，搜查一課打算用單純的脫逃結案。他才是正確的一方。」

是啊，桐嶋點頭。「警視廳明知『野放圖』是灰道集團，卻完全沒發現他們牽涉其中，將十一名家暴受害婦女重新送進地獄。他們深知這事見不得人，所以也無法向妳究責。正因如此，他們才沒不擇手段地強行逮捕妳。」

「窪塚警部補曾批判上級的投機主義。實際上，就是這一點害他丢掉性命。」

「犧牲者的出現，或許會讓警方改變態度吧。」

他的犧牲有這麼大的價值嗎？玲奈默默垂下視線。

桐嶋語氣輕快地繼續道：「話說回來，有人全身燒得焦黑，有人胸口中刀，還有個女人遭球棒痛毆，『野放圖』那些重傷的傢伙，全都勉強撿回一命。他們無疑必須長期住院，恐怕也沒辦法回歸正常生活。對於如何精準施展暴力，妳簡直達到藝術的境界。」

不知名的苦澀在口中蔓延，玲奈低喃：「我沒打算控制。」

走廊陷入死寂。桐嶋臉色一沉，對話已到終點，兩人錯開視線。

盡頭的門打開，須磨探出頭。「紗崎，進來。」

玲奈獨自走進社長室。

須磨神情嚴肅，一言不發地走到辦公桌，打開抽屜摸索一陣。

他將一本檔案丟在桌上。從封面看來有些年份，上頭的名字令人無法忽視。

澤柳菜菜。這幾個字，用毛筆大大地寫在封面上。

彷彿有電流竄過全身神經，但玲奈並未失控，反倒益發理智。她沒伸手拿起檔案，冷靜地看著須磨。

上週末，她已向須磨報告這個與「死神」有關的名字，才能如此鎮定。

須磨銳利地注視玲奈，「紗崎，反偵探課接下來有其他目標嗎？」

「沒有。」

「那就沒有異議了。」須磨將檔案推向玲奈，「去查這個偵探吧。這次我不會要妳自己承擔責任。若有必要，就殺了她。」

玲奈內心如沸騰般激動，同時知覺恢復敏銳。從內在湧出的衝動，這就是所謂的士氣嗎？

玲奈筆直回望須磨，堅定地說：「我明白了。」

27

這天中午過後，天空飄起銀白色的雪。第四寺島小學位於墨田區東向島的恬靜住宅區，此時正值上課時間，戶外空無一人。

唯有校門口除外。這裡停著一輛警車，一名制服警察下車，戒備地觀望周遭；另一人待在駕駛座，降下車窗。他們似乎很習慣這麼做。

在這片清靜之地，空氣也格外澄澈。或許是這個緣故，從稍遠的地方也能聽到警用無線電的收訊內容。車內的警察正在應對。無線電裡的聲音說：「警視廳呼叫742。京成曳舟站往押上方向的出口附近發生搶劫，請至現場與報案者會合，並掌握狀況。」

站在外頭的警察坐進副駕駛座。警車亮起紅色的警示燈，駛離住宅區。

玲奈一直躲在T字路口的隱蔽處觀察狀況。她走向無人看守的校門，擦去免SIM卡手機上的指紋，扔向一旁的垃圾集中場。

打一一〇報案的是玲奈。雖然發生搶劫是她編造的，不過該區域確實頻頻發生搶案，讓警車去附近繞繞，多少能起到預防犯罪的效果。

玲奈走進嶄新的校舍，爬上樓梯。從教室外的走廊，可看到一間的門敞開。女老師在說明進位與借位的加減法。

玲奈藉由旁邊的玻璃窗端詳自己的模樣，撫平黑色套裝的衣領。這原是詩織的衣服，但完全不需要修改尺寸。

玲奈走到教室外，只見許多母親站在教室後方，正在觀摩上課情形。走進教室時，大家都轉頭向她致意。尤其是比較年輕的媽媽，更用奇異的眼神看著她。這些人平時總以自己的年輕爲傲，想不到會出現二十一歲的女人，所以在意得要命吧。

相對地，玲奈立刻找到那位特別年長的婦人。和玲奈一樣，她穿著一身近似喪服的黑色服裝。

玲奈緩緩走近。一見到她，窪塚仁美不禁睜大眼，但那一瞬間的驚訝，很快爲喜悅的神色取代。她的眼角泛著些微淚光，明顯憔悴的臉龐浮現笑容。玲奈自然地回以微笑。

柚希的座位在教室中間。她穿著端莊的黑格子洋裝，心不在焉地往後看，和玲奈對上視線，嘴角便揚起天眞無邪的微笑。

那張無憂無慮的笑臉，開心地望著玲奈。發現柚希一直面向後方，其他母親竊竊私語。玲奈有點擔心，老師雖然注意到柚希的動靜，仍繼續上課。或許是錯覺，老師的表情和緩了些。明知柚希的父親遭遇不幸，上課時表現得太開朗，老師也會感到內疚吧。

仁美向柚希伸出食指，示意她看前面。柚希笑著，有些不好意思地轉回黑板。

課堂結束，孩子們跟著母親放學回家。雪花紛飛的校園裡，隨處可見母子成對的身影。有些母親們站在一起談話，孩子們就在周圍奔跑嬉戲。

櫸木環繞的美麗校園，似乎有種吸引人的力量。母親和孩子們都不急著走向校門，在薄雪中悠閒散步，不撐傘似乎也無妨。

一走出校舍，柚希便撒嬌地牽住玲奈的手，想拉她到戶外的空地。

仁美待在屋簷下，以眼神詢問玲奈，可以麻煩妳嗎？

玲奈微笑點頭，握著柚希的手，在校園中漫步。

樸素的景色雖未經修飾，感覺卻蘊藏著色彩斑爛的溫情。連彷彿伸手可及的低垂雲層，看起來都莫名舒服，好似鋪滿天空的棉花。

柚希沒有哭。即使淚溼眼眶，也立刻抬頭望向玲奈，笑著掩飾過去。她是怕哭了會讓玲奈不知所措吧，這份體貼更教人感動。

片刻後，柚希輕聲開口：「我想聽爸爸的事。」

玲奈胸口湧現一股憂傷。柚希的小手傳來的體溫令人心疼，又令人無比憐惜。難以定義的、深遠的寂寥，在心中蔓延。

我也想聽妳說。玲奈露出笑容，靜靜呢喃。

（全文完）

NIL 10／惡德偵探制裁社 2
狩獵死神的女孩

原著書名／探偵の探偵II
原出版者／講談社
作　　者／松岡圭祐
翻　　譯／黃姿瑋
責任編輯／陳盈竹
編輯總監／劉麗真
總 經 理／陳逸瑛
榮譽社長／詹宏志
發 行 人／涂玉雲
出 版 社／獨步文化
城邦文化事業股份有限公司
104台北市中山區民生東路二段141號5樓
電話：(02) 2500-7696　傳真：(02) 2500-1967
發　　行／英屬蓋曼群島商家庭傳媒股份有限公司
城邦分公司
104 台北市中山區民生東路二段141號2樓
網址／www.cite.com.tw
讀者服務專線／(02) 2500-7718；2500-7719
服務時間／週一至週五：09：30～12：00　13：30～17：00
24小時傳真服務／(02) 2500-1900；2500-1991
讀者服務信箱E-mail／service@readingclub.com.tw
劃撥帳號／19863813
戶名／書虫股份有限公司
香港發行所／城邦（香港）出版集團有限公司
香港灣仔駱克道193號號1樓東超商業中心
電話／(852) 2508-6231　傳真／(852) 2578-9337
E-mail／hkcite@biznetvigator.com
馬新發行所／城邦（馬新）出版集團
Cite (M) Sdn Bhd
41, Jalan Radin Anum, Bandar Baru Sri Petaling,
57000 Kuala Lumpur, Malaysia.
Tel: (603) 90578822
Fax:(603) 90576622
email:cite@cite.com.my
封面插畫／清原紘
封面設計／馮議徹
排　　版／游淑萍
印　　刷／中原造像股份有限公司
●2016（民105）6月初版
●2016（民105）7月5日初版四刷
售價260元
 ISBN 978-986-5651-61-9

國家圖書館出版品預行編目資料

惡德偵探制裁社2 / 松岡圭祐著；黃姿瑋譯. –初版. – 台北市：獨步文化，城邦文化出版：家庭傳媒城邦分公司發行，民105
面；公分. --（NIL ; 10）
譯自：探偵の探偵II
ISBN 978-986-5651-61-9
861.57　　105007814

獨步文化
APEX PRESS

廣	告	回	函
北區郵政管理登記證			
台北廣字第000791號			
郵資已付，免貼郵票			

104台北市民生東路二段 141 號 2 樓

英屬蓋曼群島商家庭傳媒股份有限公司

城邦分公司

請沿虛線對摺，謝謝！

獨步文化
APEX PRESS

書號：1UY010	書名：狩獵死神的女孩	編碼：

請於此處用膠水黏貼

獨步文化 APEX PRESS

讀者回函卡

謝謝您購買我們出版的書籍！

請費心填寫此回函卡，我們將不定期寄上城邦集團最新的出版訊息。

姓名：________________________　　性別：□男　□女

生日：西元__________年__________月__________日

地址：____

聯絡電話：____________________　傳真：________________

E-mail：____

學歷：□1.小學　□2.國中　□3.高中　□4.大專　□5.研究所以上

職業：□1.學生　□2.軍公教　□3.服務　□4.金融　□5.製造　□6.資訊

□7.傳播　□8.自由業　□9.農漁牧　□10.家管　□11.退休

□12.其他 ____

您從何種方式得知本書消息？

□1.書店　□2.網路　□3.報紙　□4.雜誌　□5.廣播　□6.電視

□7.親友推薦　□8.其他 ______________________________

您通常以何種方式購書？

□1.書店　□2.網路　□3.傳真訂購　□4.郵局劃撥　□5.其他

您喜歡閱讀哪些類別的書籍？

□1.財經商業　□2.自然科學　□3.歷史　□4.法律　□5.文學

□6.休閒旅遊　□7.小說　□8.人物傳記　□9.生活、勵志　□10.其他

對我們的建議：____

____

____

為提供訂購、行銷、客戶管理或其他合於營業登記項目或章程所定業務需要之目的，家庭傳媒集團（即英屬蓋曼群島商家庭傳媒股份有限公司城邦分公司、城邦文化事業股份有限公司、書虫股份有限公司、墨刻出版股份有限公司、城邦原創股份有限公司），於本集團之營運期間及地區內，將以mail、傳真、電話、簡訊、郵寄或其他公告方式利用您提供之資料（資料類別：C001、C002、C003、C011等）。利用對象除本集團外，亦可能包括相關服務的協力機構。如您有依個資法第三條或其他需服務之處，得洽詢本公司服務信箱cite_apexpress@cite.com.tw請求協助。相關資料不提供亦不影響您的權益。

□我已詳讀權利義務之相關條款，並同意遵守。

請於此處用膠水黏貼

獨步文化
APEX PRESS

廣　告　回　函
北區郵政管理登記證
台北廣字第000791號
郵資已付，免貼郵票

104台北市民生東路二段 141 號 5 樓

英屬蓋曼群島商家庭傳媒股份有限公司

城邦分公司

獨步文化　　收

請沿此虛線剪下，將活動卡對摺、黏貼後寄回即可

黏貼處

獨步文化 APEX PRESS

獨步十週年慶活動 Bubu 集點卡

東京來回機票 × 2017 年全套新書 × 限量款紀念背包

預約未知的閱讀體驗 · 挑戰真實的異國冒險

想見識日系推理場景卻永遠都差一張機票？
想閱讀的時候書櫃剛好就缺一本推理小說？
想珍藏「十週年紀念限量款」Bubu 後背包？

首獎
日本東京來回機票

三個願望，今年 Bubu 一次幫你實現！
集滿三枚點數就可參加抽獎，每季抽出，集越多中獎機率越大！

首獎：日本東京來回機票乙張 2 名（長榮航空經濟艙來回機票，價值約 NT 40,000 元）
二獎：獨步 2017 年新書全套　每季 5 名（總價約 NT 14,000 元）
三獎：Bubu 十週年紀念限量帆布包　每季 5 名（價值約 NT 3,000 元）

二獎
獨步 2017 年新書全套

【活動辦法】

- 即日起至 2016 年 12 月 31 日止，獨步每月新書後面皆附有本張「獨步十週年慶活動 Bubu 集點卡」乙張及 Bubu 貓點數 1 枚，月重點書則有 2 枚（請見集點卡右下角）！
- 將 Bubu 貓點數剪下貼於本張活動集點卡，集滿「三枚」並填寫個人資料後寄出，即可參加獨步十週年慶抽獎活動！（集點卡採【累計制】，每一張尚未被抽中的集點卡都可以再參加下一季的抽獎，寄越多，中獎機率越高喔！）
- 二獎和三獎於 2016 年 4 月、7 月、10 月及 2017 年 1 月的 15 日公開抽獎。
- 首獎於 2017 年 1 月 15 日抽出。（活動於 2016 年 12 月 31 日截止，郵戳為憑）

◆ 詳細活動規則請見獨步文化部落格：http://apexpress.blog66.fc2.com/
◆「每月重點主打書籍」與「活動得獎名單」將於獨步文化部落格、獨步臉書粉絲團公布。
◆ 2017 年新書將於每月 15 日寄出給中獎者。

三獎
Bubu 十週年紀念限量帆布包

【Bubu 點數黏貼處】

請沿此虛線剪下，將活動卡對摺、黏貼後寄回即可

【聯絡資訊】（煩請以正楷填寫以下資料，以免因字跡辨識困難導致贈品寄送過程延誤）

姓名：＿＿＿＿＿＿　年齡：＿＿＿＿　性別：□ 男 □ 女

電話：＿＿＿＿＿＿　E-mail：＿＿＿＿＿＿

獎品寄送地址：＿＿＿＿＿＿

【個人資料蒐集告知事項】為提供訂購、行銷、客戶管理或其他合於營業登記項目或章程所定業務需要之目的，家庭傳媒集團（即英屬蓋曼群島商家庭傳媒股份有限公司城邦分公司、城邦文化事業股份有限公司、書虫股份有限公司、墨刻出版股份有限公司、城邦原創股份有限公司），於本集團之營運期間及地區內，將以 mail、傳真、電話、簡訊、郵寄或其他公告方式利用您提供之資料（資料類別：C001、C002、C003、C011 等）。利用對象除本集團外，亦可能包括相關服務的協力機構。如您有依個資法第三條或其他需服務之處，得洽詢本公司服務信箱 cite_apexpress@cite.com.tw 請求協助。

□ **我已詳讀權利義務之相關條款，並同意遵守。**

黏貼處

【注意事項】1. 本活動限臺澎金馬地區讀者參與。 2. 參加者請務必留下有效郵寄地址，若贈品無法投遞，又無法聯絡到本人，恕視同棄權。 3. 本活動卡及 Bubu 點數影印無效。 4. 欲看贈品實物圖請上獨步部落格：http://apexpress.blog66.fc2.com/ 5. 抽獎贈品將以郵局掛號方式寄出，得獎訊息將會於獨步文化部落格、獨步臉書粉絲團公告。

歡迎加入獨步臉書粉絲團

獲得最快最新的出版資訊！Bubu 在臉書等你呦～
獨步粉絲團：https://www.facebook.com/APEXPRESS

◀ 歡迎剪下我